Capítol primer

1 FLORS A TAULA

Després de posar-se el biquini negre, la Hanna Kroll es va mirar al mirall i li agradà el que hi veia; malgrat això, es va esforçar a conservar l'expressió de fàstic. S'imaginava la cara que farien els *frustrats* (ella els anomenava així: els *frustrats*) quan la veurien a la piscina i somreia per dins, sense voler, però va continuar forçant la ganyota de la boca i la indiferència de la mirada.

Va amagar les formes sota una samarreta folgada, XXL; va agafar un llibre, el llibre de sempre, barrera protectora anti*frustrats,* i va sortir de l'habitació.

S'estava a l'ala antiga de l'hotel, potser no la més còmoda però sí la més casolana, la més bonica amb aquelles fustes fosques, els gerros amb flors seques, els llums de peu sòlids i les butaques d'estampats antics. El llarg passadís conduïa directament a recepció.

Hi havia dos hostes nous parlant amb la Margalida. L'hotel no tenia més de trenta habitacions i tots els residents es coneixien. Per això la va sorprendre la presència d'aquells dos desconeguts que, amb vestit fosc, camisa i corbata, cansats i suats, i veu i gest bruscos, no semblaven pas turistes arribats per prendre el sol i gaudir del paisatge mediterrani, sinó més aviat homes de negocis amb ganes d'anar-se'n com més aviat millor.

Un d'ells parlava en anglès.

–Encara no ha arribat el senyor Valero?

La Hanna va captar el llampec d'alarma en els ulls del petit Lluc. Li va semblar que estava ben espantat. No obstant això, en veure la noia, el nen va substituir instantàniament l'expressió de por per un somriure radiant de felicitat.

En Lluc era el fill dels propietaris de l'hotel. Tenia deu anys, i el tracte amb tots els clients que entraven i sortien d'allí al llarg de l'estiu l'havia fet espontani, xerraire i seductor com el millor venedor a domicili. Tenia els cabells rossos i brillants com un raig de sol, la pell daurada per la vida a l'aire lliure i una cara i un cos massissos que auguraven un gegant atlètic tirant a gros. Havia sortit com el seu pare, en Jaume, ros i ben plantat.

–Hola! –va fer.

La Hanna, en passar pel seu costat, va intentar inútilment escabellar-lo, però aquells cabells sempre estaven drets i escabellats.

–Hola –va respondre.

Una nòrdica amb els cabells ben negres i un meridional ros com un fil d'or. Perquè després feu cas dels tòpics.

De la recepció s'accedia directament al menjador, amb finestrals grans que s'obrien a un mar infinit, d'un blau intens sota un cel igualment blau i net de núvols. A dreta i esquerra, penya-segats que tancaven la badia protegida i tranquil·la. I, sota els finestrals, com a últim detall d'una pintura de composició impecable, les capçades d'uns pins frondosos.

I, a la taula de sempre, el senyor Kroll i la Tilly, la nova companya.

–Hola, Hannelore.

–Hola, pare. Hola, Tilly.

–Hola, Hannelore.

–Digue'm Hanna, sisplau.

–El pare et diu Hannelore.

–El pare sí, però tu t'agrairia que em diguessis Hanna.

–Hannelore és molt més airós.

–Airós? –va saltar la Hanna, amb menyspreu, gairebé amb fàstic. Quin qualificatiu per a un nom: *airós!* (*lufting*, havia dit la Tilly, literalment, en alemany).

–Sisplau, sisplau –va suplicar el senyor Kroll–. No hi torneu.

Quan la Hanna va conèixer la Tilly, només feia que dir-li «senyoreta Hünenberger», per guardar les distàncies i demostrar-li rebuig. Típica actitud de filla traumatitzada per la separació dels pares. Bé, potser «traumatitzada» soni una mica fort, però els seus pares s'havien separat, això sí que era un fet. I ella estava una mica farta de trobar-se entre tots dos, suportant amb santa paciència les noves amistats, les gelosies, els plors, les venjances, els crits, les rialles, les expectatives, les il·lusions i les decepcions que semblen inevitables a l'hora de refer una vida destrossada. La Hanna encara no havia aconseguit que li agradés cap de les parelles que s'havien buscat tant la mare com el pare. Totes li semblaven imitacions matusseres de l'original. I la Tilly Hünenberger era tan matussera que no arribava ni a imitació. És a dir, que «senyoreta Hünenberger» per aquí, i «senyoreta Hünenberger» per allà.

–Li agrairia que no entrés a la meva habitació a remenar-me l'equipatge, senyoreta Hünenberger.

–Jo no t'he remenat l'equipatge! Només he vingut a veure si tenies la meva pamela, que l'havia perduda!

–Doncs la du posada, senyoreta Hünenberger!

–És que l'he trobada en una altra banda!

–Doncs per què no hi ha mirat abans en una altra banda, senyoreta Hünenberger!

–No em diguis senyoreta Hünenberger!

–Una altra vegada, si ha d'entrar a la meva habitació, abans demani'm permís, senyoreta Hünenberger!

–Digue'm Tilly!

–Doncs tu digue'm Hanna!

Fins que el segon dia de vacances el pare es va posar seriós. Més valia que la Hannelore procurés ser amable amb la seva companya, que li digués Tilly i que fes el possible perquè hi hagués pau i tranquil·litat. O hauria d'atenir-se a les conseqüències.

–Doncs que ella em digui Hanna!

–...O hauràs d'atenir-te a les conseqüències!

I ara, cada matí, quan la Hanna arribava a la taula d'esmorzar, improvisava un somriure d'hostessa d'avió i deia:

–Hola, pare. Hola, Tilly.

I la Tilly, en canvi, es podia permetre respondre-li:

–Hola, Hannelore.

Perquè sabia que al pare li agradava el nom de Hannelore i volia guanyar-se'l.

La Tilly seria bonica si no se la veiés tan profundament angoixada i si no se sentís tan confosa i culpable a totes hores. Quan les van presentar, la Tilly, en comptes de dir, com les altres parelles del pare, «espero que arribem a ser bones amigues» (sentència fatídica), havia dit: «Sé com et sents, això serà molt difícil per a totes dues, però et demano que facis un esforç.» (Tenia una predilecció especial per la paraula esforç.) A la Hanna no li va semblar un començament gens estimulant.

La Hanna somreia com una hostessa d'avió, la Tilly somreia com si s'hagués agafat els dits amb un calaix i tractés de dissimular el dolor, i el pare les mirava, ara l'una ara l'altra, com si temés que, d'un moment a l'altre, començarien a estirar-se els cabells i a esgarrapar-se.

–Ah –va dir la Tilly quan la Hanna tornà amb la llet i els Kellog's i un suc de taronja–, i moltes gràcies per les flors, Hannelore. És un detall preciós.

–Les flors?

–Vull que sàpigues que reconec l'esforç que fas i que t'ho agraeixo i que m'emociona moltíssim aquest detall.

Ah, sí. Hi havia un penjoll de glicines damunt la taula. Cada dia n'hi havia un de nou decorant la taula de l'esmorzar. I, ara que la Hanna s'hi fixava, era l'única taula guarnida amb flors. Però ella no hi tenia res a veure.

–I vull que em perdonis perquè... –continuava la Tilly, procurant expressar exactament els seus sentiments– ...perquè no t'ho he dit fins avui. És que, la veritat, no m'hi havia fixat. Vull dir que em pensava que hi havia flors a totes les taules. Però, quan he vist que no n'hi havia, que només hi havia flors aquí, i no les hi havia posat el teu pare, he comprès que les posaves tu, i ho considero una cortesia que... que m'emociona molt...

–Que t'agraden, les flors? –va interrompre abruptament la veueta d'en Lluc, materialitzat de sobte al costat de la taula. Parlava el castellà amb un accent mallorquí terrible, «Ca ta gustan, las flores», però tots els presents el van entendre perfectament. Fins aquell moment, havien estat parlant en alemany, idioma que ell no entenia, però era evident que la Tilly i la Hanna s'havien estat referint a les glicines.– Són per a tu –va dir, amb la mirada fixa en la Hanna–. És un regal que et faig.

Oh, vaja. Tot el discurs de la Tilly en va. De manera que les glicines no eren...? Si la Tilly hagués tingut més sentit de l'humor, s'hauria posat a riure molt de gust, però quedava clar que una rialla, en aquell moment, l'hauria precipitat en el plor més inconsolable.

–Oh, vaja –va fer la Hanna, mirant el pare com el nàufrag que demana socors–. Que amable. –De totes maneres, una mica de broma, per distendre la situació, no sobra mai, oi? I va dir, en castellà perquè es dirigia a en Lluc però sabent que també la Tilly l'entenia:– Perdona que no t'ho hagi agraït abans, Lluc, perquè, la veritat, no m'hi havia fixat. Em pensava que hi havia flors a totes les taules; però, ara que veig que només n'hi ha en aquesta, ho considero una cortesia que m'emociona molt...

–Hannelore! –El seu pare va interrompre la paròdia.

–No, no la renyis! –va saltar la Tilly, com si temés una agressió desmesurada–. L'has d'entendre, Ernst... L'hem d'entendre. Aquesta situació és molt difícil per a ella... per a tots...

–Vols venir a pescar amb barca, demà, amb mi? –va preguntar en Lluc, amb un somriure enlluernador, pendent només de la Hanna.

–És clar!

2 DIJOUS I DIUMENGES, BALL

Aquell dia era dijous, 11 d'agost i, com cada dijous i cada diumenge, cap al tard, van organitzar un ball a la terrassa, sota el canyís que sostenia una parra frondosa. Els joves propietaris de l'hotel, en Jaume i la Margalida, van penjar un enfilall de bombetes i un altre de banderetes de paper, des del tronc d'un ficus enorme fins al tronc d'un til·ler, i el músic, en Tolo, va instal·lar el petit Yamaha i els altaveus, capaços de reproduir el so d'una orquestra de cinquanta músics amb cors i ecos.

A mesura que anaven acabant de sopar, els hostes es reunien al voltant de les tauletes blanques, arrambades a la paret i a la balustrada del mirador per deixar espai al centre per als balladors. En Tolo i la seva companya minifaldillera posaven a punt la megafonia, mentre els presents contemplaven l'espectacle de vermells i violats damunt el mar; però, de sobte, tan bon punt s'havia post el sol, el personal era sorprès amb una descàrrega de mil megadecibels i una irrepetible versió del *¡Que viva España!*

En Tolo era un pallassot gras i baladrer, de perruquí evident, dentadura postissa espaterrant i ulls discretament maquillats, que pugnava per eclipsar la bellesa i la modèstia de la seva jove companya minifaldillera, amb un repertori tan variat com atrevit: el *Torero* de Renato Carosone, pasdobles com *Islas Canarias*, Beatles en castellà (*«Amarillo el submarino es»*), el *Rock de la cárcel*, *Pedro Navaja* de Rubén Blades... I, entre tema i tema, acudits engegats amb tanta cara que acabava per fer gràcia:

–...Una nena molt bufona portava una vaca pel camp, i un senyor li diu: «On vas, nena?» «Duc la vaca al toro», respon la nena, tota innocent. «I això no ho podria fer el teu pare?» «No, senyor. Ho ha de fer el toro.»

La minifaldillera, probablement néta d'en Tolo, suportava aquell exhibicionisme amb admirable enteresa i complia la seva comesa amb veu insuficient però agradable.

I la Hanna els suportava tots dos, mantenint-se ben lluny de la llum i el soroll.

El parell de nouvinguts que parlaven en anglès havien deixat a l'armari els vestits foscos i les corbates i s'havien disfressat amb mambos i bermudes de coloraines i ara sí que semblaven disposats a divertir-se. Tenien la pell molt blanca, tant el ros com el moreno. Alt i més aviat prim, el ros mastegava xiclet amb tanta energia com si estigués partint totxanes a mossegades. Més baix i gros, més mediterrani, el moreno fumava un cigar llarg i enorme. Desprenien una aura inquietant, mesquina. La sensació que desprenen els que beuen amb l'única intenció d'emborratxar-se ben emborratxats ràpidament. A la Hanna li va semblar que el moreno despullava la Tilly amb la mirada.

La Tilly estava asseguda en una taula amb una cama sobre l'altra, prenent una mena de suc de taronja. S'havia posat el vestit violeta de la franja groga, tan escotat i tan curt. Estava sola. El pare de la Hanna, aquell matí, a la platja, s'havia cremat com sant Llorenç a la graella i s'havia hagut de quedar al llit, purgant les seves imprudències. La Hanna odiava (o alguna cosa així) la Tilly, per no haver-se quedat amb ell, cuidant-lo. De sobte, quan en Tolo i la minifaldillera atacaven la seva versió d'*Un sorbito de champán* (aquell èxit antediluvià de Los Brincos), caigué damunt la Hanna un dels *frustrats.*

–*Guten Tag. Sprechen Sei Deutsch?* –va dir, així, en alemany.

Parlava alemany? El noi no era alemany, perquè el seu accent sonava fatal; però, parlava alemany? La Hanna, és clar, no li ho va preguntar. Es va limitar a mirar el noi de reüll. El coneixia de la piscina. L'havia batejat, mentalment, amb el nom de *Pallasset*. Sempre n'hi ha un a totes les piscines. Un noi profundament avorrit, fastiguejat, sense un objectiu en la vida, fins que topa amb un biquini suggerent. Llavors, s'il·lumina com un arbre de Nadal i es posa a riure de manera estentòria, i es tira a l'aigua fent salts mortals prodigiosos. La timidesa en persona, vaja.

Aquell matí, mentre ella fingia llegir el llibre parapet, el títol del qual encara no havia aconseguit memoritzar, aquest *frustrat* histriònic havia estat fent números de circ, saltant i intentant esquitxar-la per cridar-li l'atenció fins que, en ple atac de bogeria, havia relliscat, havia caigut i s'havia clavat un bon cop al cul. Moment que va aprofitar la Hanna per apartar una mica el llibre parapet i fulminar el *showman* a través de les ulleres de sol. I el *frustrat,* avergonyit i dissimulant el mal, havia fet mutis.

–...*Darf ich Sie um einen Tanz bitten?*[1] –A la Hanna va estar a punt d'escapar-se-li el riure, davant d'una frase tan cerimoniosa; llavors el noi va canviar d'idioma i va adoptar un castellà amb curiós accent sud-americà.– No, perdona, no sé parlar alemany, era una broma, *¿viste?* En realitat, sóc de Buenos Aires, la pàtria del tango. Saps ballar el tango, *piba*? *¿Vos sos alemana?*

La Hanna pensava que ella era molt més alemanya que ell de Buenos Aires, però no ho va dir.

Nuuun catee podreol vidaaa
pooo rquemeee nseñaaa steamaaa

El noi va renunciar a l'accent argentí per demostrar que les seves intencions eren serioses. Va resultar que era tan espanyol com el Quixot:

1. «Em concediu aquest ball?», en alemany.

–Bé, vols ballar o no?
–No, gràcies.
–Què?
–Que no, gràcies. Que no vull ballar.
–Oh, parles un espanyol perfecte. És meravellós. Què deies?
–Que no vull ballar.
–Repeteix-ho una altra vegada, sisplau. M'encanta com ho dius.

La Hanna, és clar, va tornar a centrar l'atenció en la pista i no va repetir res. No cauria a la trampa. Després venia allò de «com és que parles tan bé l'espanyol», i ella dient que la seva mare era espanyola, que treballava a l'Oficina d'Activitats Culturals Catalanes de Frankfurt, i ell fent cara d'interès il·limitat: «Oh, explica, explica!» No, no: comences així i després no saps com desempallegar-te'n.

Immune als desdenys, el borinot va arribar a l'extrem d'asseure's al costat de la noia. En la penombra de l'escalinata principal de l'hotel, la que duia a recepció. Apartats de la terrassa on ballaven els adults i on es perseguia la canalla.

–Que tens mal de cap? O és que estàs molt cansada?

La Hanna no pogué evitar de clavar-li una ullada. Massa nas, massa ossos, massa acne, massa serrell, massa nerviós. Els adolescents sempre semblen més adolescents que les adolescents. Per què no se n'anava a jugar a la gallina cega o a tocar i parar? Semblava un nen fent-se l'home. Era un nen fent-se l'home.

No: era injusta. El noi tenia els ulls grossos i bonics, i un somriure encomanadís. La Hanna havia de fer un esforç perquè no se li encomanés. I no era tan esquelètic com això. Havia pogut comprovar-ho a la piscina, des del primer dia. Llavors, què dimonis li passava?

–Sí. Tinc mal de cap i estic cansada.

–Ho sabia. Bé, si et serveix de consol, et diré que us passa a totes, saps? A totes les de la teva edat, és a dir, a totes les de la meva edat, les de la nostra edat. No t'ho han dit les teves amigues? Deu ser com una epidèmia. Totes les noies que he conegut en un ball, però totes, eh?, estaven cansades i tenien migranya.

La Hanna tenia la respiració alterada i es preguntava què diantre li passava. No volia parlar amb aquell noi. Potser era perquè els seus pares s'havien separat feia un any i el procés de buscar parella li semblava patètic.

...conunsorbiii todechampaaa
nbrindandopooo relnuevoamooo
lasuaveluuu deaquelrincooo
nizolatiii rmicorazooo!

Aplaudiments. En Tolo i la minifaldillera atacaven un nou ritme i anunciaven «un bolero que ens parla d'una història tan antiga com el temps»:

–*Túm me acosstumbrasstee* –així, pronunciant amb compte perquè ningú no es pogués perdre ni una síl·laba– *at todas sessass cossass...*

Un dels forasters sinistres, el moreno cepat del cigar ciclopi, s'havia fixat en la Tilly. Es va aixecar i la convidava a ballar. I la Tilly acceptava, quin pendó. «Oh, sí, encantada», i se li penjava al coll. *...Y túm mensseñasstess quessson maravishossass...* I el pare al llit amb cremades de primer grau. La Hanna pensava que allò era una traïció imperdonable. *Subtiiil shegasste a míc como unat tentassióoon...*

–Em dic Mànnix –insistia el *Pallasset frustrat*–. I tu?

No es podia negar a respondre. I tampoc volia ignorar la mà que el noi li oferia:

–Hanna –però ni una paraula més.

–Hanna. Que bé. Que bonic. *Wunderbar*. I a tu t'agrada Mànnix? En realitat, em dic Manuel, però em diuen Mànnix perquè sóc un manni-àtic, i perquè una vegada vaig anar a una manni-festació, i perquè diuen que hauria d'estar en un manni-comi, i perquè em faig la manni-cura i perquè tinc figura de manni-quí. I perquè m'agraden molt els dòlars, ja saps, el *money*. Em canten allò de «money-money-money-money-money...». Allò de la pel·lícula *Cabaret*, saps? Has vist la pel·lícula *Cabaret*? Ah, no, que a Alemanya està prohibida, oi?

La Hanna li va enviar de reüll una llambregada que volia dir que havia vist la pel·lícula centenars de vegades i que se sabia de memòria tots els temes que interpretaven Liza Minnelli i Joel Grey. Si no hagués estat per l'íntim vot de silenci, també hauria afegit el sarcasme: «Hitler va morir fa uns quants anys, saps?» Però es va estimar més callar i mirar fixament endavant.

Shon noc comprendía / ni cómos sec quería
ent tu mundo rraro, / yp por ti apprendí...

–Busquem un vellet anomenat Valero –devia dir el paio moreno a la Tilly en aquells moments; parlava un alemany perfecte–: El coneix? Ens han dit que és client habitual d'aquest hotel...

–No, no el conec –deia la Tilly, molt riallera i frívola, com la tarambana bogeta que diu «No sé res, no entenc res, només visc el moment». I després, per allò de donar conversa:– I per què el busquen?

–És el propietari d'una immensa fortuna –va dir l'homenot de musculatura sòlida, boca grossa i dents sanes, capaces d'arrencar visos a mossegades–. S'ha mort el seu germà petit i, a la seva edat, l'ha convertit en hereu...

–Oh, un hereu ric... –Ha, ha, ha, rient per qualsevol cosa, com una beneita.– I vell, a més a més! I vénen a donar-li la notícia aquí, al lloc d'estiueig? No seria més natural donar-l'hi a l'Argentina...?

–És que està a punt d'arribar a aquest hotel. El pobre home té vuitanta anys. Li volem donar la notícia com més aviat millor...

–És clar, té raó! –Ha, ha, ha.

–Si no el trobéssim aquí, l'aniríem a buscar a l'Argentina...

–És clar, és clar... Vuitanta anys i multimilionari, ha, ha, ha... Aquest sí que és un bon partit, ha, ha, ha!

Por essom me pregunto / al ver quem me olvidasstess
por qué no mensseñastess / cómossse vivesssint ti.

I fi, aplaudiments, i la Tilly es va separar del moreno i el seu cigar, «gràcies, ha estat un plaer».

La Hanna pensava, de lluny, «ets odiosa». I una mica de tírria sí que n'hi tenia.

–Bé, què, anem a ballar? –va dir el plaga frustrat. I la tocà. No res: a l'esquena, amb la punta dels dits; no va arribar ni a pessigolles. Però la Hanna s'apartà com si l'hagués furgat entre les costelles amb un ferro roent. «Eh, xaval, no et passis!»: no ho va dir, però en Mànnix ho va entendre perfectament.

–No, no, gràcies.

–Apa, dona. Haurem de conviure en aquest camp de concentració tot el mes d'agost. –«Camp de concentració! Per l'amor de Déu, quin mal gust!»– Val més que siguem amics, no? No t'has vingut a divertir?

–No. M'hi han portat. Si depengués de mi, me n'aniria demà mateix.

–Per què? Explica-m'ho. Potser et puc ajudar. Sóc d'aquelles persones que saben escoltar.

–Mira, Mànnix... –Ara seriosament–: Estic cansada i tinc mal de cap i, des que t'has assegut aquí, encara estic més cansada i encara tinc més mal de cap.

Massa brusca. «Què diantre et passa, Hanna? Abans no eres així...» «*Abans*, els meus pares no s'havien separat.»

–Això és perquè no balles... –No hi havia qui aturés el noi. Quina insistència.– Està científicament comprovat que el ball fa passar la migranya i el...

Encara estarien parlant si el dragó volador no hagués començat a voletejar per damunt del cap d'en Mànnix.

Un dragó volador?

De moment, en Mànnix se'l va treure del davant amb una manotada, com si es tractés d'una mosca. Però, de sobte, s'adonà del que era: un dragó, un rèptil volador, un rèptil repugnant acariciant-li la cara. De tan a prop, li va semblar un dinosaure a l'atac, una bandada de cocodrils voladors planant a un centímetre del nas amb la intenció de menjar-se'l. Va fer una ganyota d'espant i féu anar mans i braços com si acabés de caure a la piscina i va retrocedir, escales amunt, per allunyar-se del monstre pertinaç. I cridava, com cridava! Va ensopegar amb en Lluc, que estava rere seu, portant una canya. Una canya amb un fil, i lligat al fil, penjant, el pobre dragó captiu.

En Mànnix no va saber estar a l'altura de les circumstàncies.

–Escolta, tu, mocós! Què passa? Per què no te'n vas a molestar ta mare? Ostres, quin ensurt! –Va mostrar el dors de la mà a la Hanna.– Mira què m'ha fet! No és por, no et pensis! És al·lèrgia! Sóc al·lèrgic als rèptils! Llangardaixos, serps, cocodrils, fins i tot tortugues... Mira com m'ha quedat la mà! I la cara? –Es palpava la cara, com míster Hyde després d'haver-se pres el xarop i haver experimentat un gran trasbals. «Què m'hi ha passat a la cara? No sóc jo!» Es va excusar:– Perdoneu-me! –Va arrencar a córrer, escales amunt, segurament per mirar-se al mirall del lavabo. Aviat sentirien el xiscle d'horror que va fer en veure's transformat en *alien*.

La Hanna havia deixat anar una rialla tan espontània i incontenible com humiliant. Pobre Mànnix.

–M'ha semblat que et molestava –va dir en Lluc. La Hanna encara reia.– Que vols prendre res? –A la noia li feia molta gràcia la manera com en Lluc mastegava el castellà.– Jo prendré un cubata, i tu?

–Tu et prendràs un cubata? –se sorprenia la Hanna. Ho havia entès bé? Cubata significava rom o ginebra amb cocacola, no?

–Els cambrers me'l serveixen perquè sóc el fill de l'amo. I tu no vols prendre res?

–Res, gràcies.

–Ah –es va desinflar el nen–. Bé, si volguessis alguna cosa, la podries anar a demanar i de passada demanaries un cubata, i a tu sí que te'l donarien, i me'l beuria jo i tu podries prendre el que volguessis. Si volies un cubata, doncs també. Però és igual. –Hi havia coses més importants de què parlar.– De fet, et venia a demanar un favor.

S'havia assegut al seu costat, i la Hanna el contemplava, curiosa i riallera.

–Digue'm.

El nen tenia coses més importants de què parlar, però no s'atrevia a mencionar-les.

–No tens pas cap porro. Ara em fumaria un porro.

–Però què dius de porros, mocós! –La Hanna li va etzibar un calbot, alhora que tornava a riure.

–Si en pots fumar! –es justificava ell–. Que no has llegit que ja s'ha despenalitzat la droga a Espanya? Ho han fet els socialistes. Jo sóc socialista.

–Ah, sí?

–Aquella del vestit lila i groc és la teva mare?

–No. No exactament.

–La teva madrastra? L'amant del teu pare? –La Hanna va clavar una mirada escandalitzada a en Lluc, que continuava parlant com si res.– S'assembla al Dustin Hoffman fent de *Tootsie*.

No era veritat. La Tilly era bonica. En Lluc ho deia per complaure la Hanna.

–Bé, què em volies dir?

En aquell instant, en Tolo i la minifaldillera atacaven un tema titulat *Los Pajaritos*, que obligava els balladors a moure els braços com si fossin ales de gallina esvalotada i a ajupir-se i remenar el cul com si s'anessin a tirar un pet. Pel que es veu, era el tema preferit d'en Lluc.

–Oh, *Los Pajaritos*! Balles? Va, *porfa*!

La Hanna no hauria sortit a fer aquell ridícul ni amenaçada amb una pistola. Així que va ignorar la proposta. Amb en Lluc, no calia apel·lar al cansament ni al mal de cap.

–Però, què era allò tan important que m'havies de dir?

–Ah, sí, però ara no puc. Així, en fred, no puc. Vindràs a pescar, demà al matí, amb mi, amb la barca, oi?

–És clar, ja t'ho he dit que sí.

–Doncs hauràs de convèncer el meu pare que saps conduir una llanxa motora. És igual si no en saps. Li dius que sí, i així ens la deixa, i no et preocupis que ja la conduiré jo, que jo sí que en sé. Però a mi sol no me la deixarien...

La Hanna no podia parar de riure, amb aquell engalipador. Va pensar que allò era justament el que necessitava. Una companyia fresca, espontània, innocent i estimulant com la d'en Lluc.

–...I ara perdona però aquesta cançó l'he de ballar, no tinc altre remei.

I es va incorporar a la coreografia grotesca dels adults.

«Pajaritos a volar...»

3 AMB BARCA

En Jaume, el pare d'en Lluc, de seguida va confiar en la Hanna; no calgué insistir. Potser de qui de debò es refiava era del petit Lluc, criat vora mar, però no li podia donar permís explícitament de por que, algun dia, agafés la barca sense dir-ho a ningú.

El divendres tampoc no hi havia cap núvol al cel, cap ni un. Feia fresca, a primera hora del matí, mentre baixaven entre pins i garrofers, per un camí costerut i pedregós, cap a la platja.

En Lluc havia despertat la Hanna picant a la porta de l'habitació com si la volgués tirar a terra, va començar a parlar tan bon punt la noia va sortir al passadís i ja no va callar en tot el matí. Li va fer saber que pescarien amb canya o amb volantí. A l'ham, hi posarien gamba viva o uns cucs importats de Corea i pescarien uns peixos de noms absolutament desconeguts per la noia: vaques, donzelles, serrans, esparracs... I, si hi posaven una pasta a base de formatge i peix, assegurava que capturarien tantes dorades que, a partir d'aquell dia, aquella espècie estaria en vies d'extinció.

En Lluc deia que ell era molt més bon pescador que el Chanquete (personatge d'un serial de televisió, *Verano Azul,* molt popular en aquella època) i la veritat és que, tan bon punt arribaren a la platja, es va comportar com un llop de mar experimentat. Amb la clau que li havia donat el pare, va obrir el cadenat que tancava una caseta castigada per la proximitat del mar, on hi havia dues barques velles de fusta, uns quants arts de pescar i un motoret de pocs cavalls. Mentre arrossegava la barca més petita cap a l'aigua, i hi fixava el motor, anava cantant coses tan sorprenents i dispars com *¿Quién maneja mi barca?, Los Pajaritos* i (amb la intenció evident d'escandalitzar la Hanna) un tema titulat *Soy una zorra*, que havia fet famós el grup punk femení Las Vulpes.

–Apa, puja.

Un cop a bord, en Lluc va engegar el motor (a la primera!) i s'allunyaren de l'ombra dels penya-segats. El sol els va caure al damunt de cop, i de seguida van notar que la pell els cremava.

–Si et vols treure el biquini –va dir en Lluc–, no m'importa, eh?

–Sí, home.

–He vist molts pits, eh, no et pensis. Ja hi estic acostumat.

No van pescar, ni amb canya ni amb volantí. Fugint de la insolació, es van tirar a l'aigua i van moure tant rebombori que els peixos dels voltants segurament mudaren de casa i anaren a viure a la d'uns parents que vivien a unes quantes milles marines d'allà.

En una bossa de plàstic blava, en Lluc portava refrescos de taronja, una llauna d'olives farcides i molts glaçons. La Hanna va objectar que la taronjada i les olives no combinaven gens bé, però de seguida va comprovar que el paladar humà és molt tolerant pel que fa a la mescla de gustos, i van acabar picant olives i bevent refrescos mentre prenien el sol.

–Bé, i què és allò tan important que m'havies de dir?

–Sí –va vacil·lar el nen, demostrant una preocupació terrible amb un moviment de celles molt còmic–. De fet, t'he dut aquí perquè em feia por que ens poguessin sentir. Que ens espiessin, vull dir. Amb micròfons ocults, saps? Micromicròfons molt petits, amagats on menys t'ho esperes, saps? En un queixal postís, en una lent de contacte, en un pèl. M'ha semblat que aquí no ens podria espiar ningú.

Estirada de panxa enlaire, acariciant-se amb un glaçó, la Hanna sospirava i somreia, sentint-se més feliç que mai.

–De fet –continuava en Lluc–, per explicar-te el que et vaig a explicar, hauria hagut d'estar a punt de morir. Hauria hagut de tenir un infart, per exemple. Si no, no t'ho podria explicar perquè és un secret espantós. Però, ara, fa un moment, quan estàvem a l'aigua, he estat a punt d'ofegar-me, no sé si te n'has adonat. M'he empassat molta aigua, te'n recordes, quan rèiem tant? Si m'hagués ofegat, el secret hauria mort amb mi, i això no pot ser. I també em sembla que he tingut una mica d'infart, o d'embòlia, no sé si era un infart o una embòlia, ho has notat? M'ha agafat una mica de mal de cap. És a dir, que podria haver estat a punt de morir, i això justifica que t'expliqui el meu secret mortal, oi?

–Ja ho crec –l'animava la Hanna.

–A més a més, necessito el teu consell perquè et juro que no sé què fer. Estic molt espantat i molt angoixat, saps? Em passes una oliva? Gràcies. Doncs mira: et volia parlar del vell Valero, un vell que es diu Oscar Valero, la persona més estupenda del món, sense comptarte a tu.

Capítol segon

1 L'HOME DE LES GLICINES

L'Oscar Valero (Oscar accentuat a la a, perquè era argentí) era un vellet entranyable que, dos anys abans, havia arribat a l'hotel per passar-hi la segona quinzena d'agost. Amb els cabells i el bigoti blancs i abundosos, i les ulleres que duia per llegir, s'assemblava a Gepetto, el pare de Pinotxo, de la pel·lícula de Walt Disney. Era un ancià pacient i solitari que després d'esmorzar, es passava gairebé una hora, immòbil davant del finestral del menjador, llegint llibres d'història (*Jo, Claudi*, *Memòries d'Adrià*, coses així); de tant en tant alçava la vista per deixar que es perdés, nostàlgica, en l'horitzó.

Amb un barret ridícul de palla i un bastó nuós i retorçat, baixava cada dia fins a la platja; es treia la roba, deixant a la vista un cos prim i fràgil, de músculs flàccids i pell molt blanca els primers dies (i, després, vermella tirant a gamba), i es ficava a l'aigua i nedava com un peix. Devia haver estat un bon atleta, quan era jove.

En Lluc s'hi va sentir atret des del primer dia, i el seguia i l'espiava, tal com faria dos anys més tard amb la Hanna. El truc de les glicines a la taula de l'esmorzar l'havia après d'ell.

El vell Valero es llevava molt d'hora, quan encara era fosc. Després, confessaria a en Lluc que feia anys que no dormia bé, que passava nits al llit, amb els ulls tancats, pensant i recordant i donant voltes i voltes, esperant un matí que no arribava mai. En Lluc també es despertava d'hora perquè estava acostumat a fer-ho durant tot el curs i perquè els seus pares el feien anar a dormir abans de les onze. Per això un dia va sentir un soroll al jardí i va aguaitar per la finestra amb l'esperança de sorprendre un animal salvatge, o un lladre perillós, o alguna cosa igualment emocionant i, en lloc de tot això, va descobrir el vell Valero tallant glicines dels nombrosos massissos que hi havia al bosc. El va seguir fins al menjador, on la nit abans la pobra Cinta, cambrera esforçada que tant feia les habitacions com parava taula, ja havia disposat les tasses, les copes, els plats i els coberts, i va veure com deixava les flors a la taula de la Vídua Blanca. I això un dia, i un altre, i un altre.

En Lluc no sabia per què deien Vídua Blanca a la senyora grossa, solitària i rondinaire de l'habitació 122. Suposava que devia ser perquè tenia els cabells blancs i perquè sempre anava vestida de blanc, amb vestits i túniques molt folgades. Un dia, però, va sentir que el seu pare deia a un client: «Li diem Vídua Blanca perquè para trampes i és verinosa», i no va entendre què havia volgut dir, ni tampoc va gosar preguntar-ho. Abans de saber que era verinosa, ja no li queia gaire bé, però des d'aquell moment, procurava mantenir-se'n tan allunyat com li era possible.

Fins que es va atrevir a dirigir-se al vell Valero, en el mateix instant que el vellet col·locava les glicines violades damunt la taula 122.

–Per què ho fa, això? –amb accent i sintaxi mallorquines.

El vell va fer un bot de l'espant. Gairebé tremolava quan va protestar:

–Nen! –De seguida es va sobreposar i improvisà un somriure. Parlava en castellà, amb l'accent suau dels argentins.– Vés amb compte, home, que sóc vell. Em podria haver agafat un infart.

Li deia d'una manera tan delicada que en Lluc no sabia si el renyava o no. No sabia què dir.

–Per què ho fa, això de les flors? –va repetir, puntualitzant.

El vell Valero es va posar l'índex davant la boca, per demanar-li silenci i discreció. Se'l va emportar a les hamaques de la piscina, deserta a aquelles hores, i allí li va confessar:

–És que estic enamorat.

–Enamorat? De la Vídua Blanca? –A en Lluc li semblava impossible que algú s'enamorés d'aquella senyora que, a més a més de gegantina, era verinosa.– Jo, al seu lloc, no m'hi acostaria gaire.

–Sí, ja sé que no és prudent i que no m'he de fer il·lusions, però... N'estic enamorat i, quan estàs enamorat d'algú, no pots evitar fer algunes coses.

–Com posar-li flors a la taula, per exemple?

–I espiar-la sense que et vegi. I acostar-t'hi, encara que només sigui per captar l'olor que desprèn el seu perfum al seu pas. Somio que li dic coses que no diria a ningú més. I que l'acaricio i li faig petons...

–I no ho pot evitar, tot això? És com sense voler?

–L'amor és una força cega que ens impulsa a fer bogeries.

–Quin horror, oi?

–Sí –reia el vell–. Quan ets un nen, és difícil d'entendre. Però quan siguis gran ho entendràs. I et deixaràs arrossegar per la passió. I, en un impuls irrefrenable, t'apoderaràs de la dona dels teus somnis quan menys ho esperi, i hi ballaràs encara que no hi hagi música, només amb la música que l'amor et posarà a l'oïda. I, llavors, fixa-t'hi bé, has d'estar molt atent als moviments de la persona estimada. Perquè, si tot va bé, aquella música que només sents tu, tot d'una, començarà a sonar també a la seva oïda, i us trobareu tots dos marcant el mateix ritme...

–És a dir, que ella també s'haurà tornat boja.

–Una cosa així –va confirmar el vell Valero, somiador.

A en Lluc, tot allò li semblava una mica misteriós, com de ciència-ficció, però la veu i la cara del vell Valero s'entendrien tant en parlar-ne, com si recordés plaers infinits i remots, que el nen va haver d'acceptar una vegada més que fer-se gran significava descobrir meravelles on només semblava haver-hi avorriment profund. Aquelles converses inacabables que tant agradaven als seus pares, per exemple, o aquelles pel·lícules de parlar (per a en Lluc, el cine es dividia en pel·lícules policíaques, d'aventures, de l'oest, d'amors i de parlar), que ells deien que eren tan bones, o els programes de la televisió on només parlaven de política. I, ara, tot el rotllo de l'amor i la bogeria. Fenòmens paranormals.

Però la Vídua Blanca no feia cas al vell Valero. El truc de les glicines a la taula, ben mirat, no és massa eficaç. La gent es troba unes flors vora les tasses i pensa: «Que bé», i res més. Ni se li acut la possibilitat que hi hagi enamorats emboscats, angoixats per la reacció de la persona estimada. Per això, en Lluc va pensar que seria més eficaç una intervenció directa i expeditiva. Més que res, per donar un cop de mà al vell Valero. Per fer-li un favor.

Va envestir la Vídua Blanca després de la migdiada, quan la bona dona assaboria un cafetó i un licor d'herbes a l'ombra de l'emparrat.

–Hola –va dir el nen, intentant enlluernar-la amb un dels seus somriures.

–Hola, maco.

La Vídua Blanca es disposava a llegir una novel·la rosa.

–Sap que el senyor Valero està enamorat de vostè?

La senyora va apartar del llibre uns ulls desorbitats.

–Què?

–M'ha semblat que li agradaria saber-ho. El senyor Valero, sap qui vull dir? El vellet que, al menjador, s'asseu a la taula del finestral... –La Vídua Blanca pensava: «Criaturades», i abaixava la vista cap a la lectura. En Lluc li havia de retenir l'atenció com fos.– N'està tan enamorat que diu que s'està tornant boig.

«Ha, ha, ha», a la senyora de blanc, li encantava sentir allò. «Quines bestieses.» Girava els ulls en blanc. «Ai, quan jo era jove sí que...»

–Diu que l'espia tota l'estona. Amagat rere els arbres, camuflat, tota l'estona. Dia i nit.

–Dia i nit? –No semblava massa normal allò de dia i nit.

–I que té ganes de dir-li coses... ja sap, coses que no es diuen...

–Coses que no es diuen?

«Coses que no diria a ningú més», havia dit exactament el vell Valero. En Lluc tenia una idea molt clara de les paraules que no s'havien de pronunciar gairebé en cap ocasió i li semblà oportú deixar-ho clar:

–M'imagino que paraulotes i renecs i coses per l'estil.

–Paraulotes i renecs?

–I va dir que té ganes de fer-li coses que ja, ja...

–Fer-me coses que ja, ja? –«Tu què saps, d'aquestes coses, criatura?» Però, per si de cas, perquè la Vídua Blanca ja començava a estar alarmada:– Quines coses?

–No sé. Diu que la passió l'obliga a fer bogeries, coses que no voldria fer...

–Que no voldria fer?

–Sí. Quan m'ho deia, feia una mica de por. Impulsos irrefrenables, sap el que vull dir? Bogeries...

–Bogeries?

–Sí. Abraçar-la tot d'una...

–Ah!

–...Obligar-la a ballar sense música...

–Obligar-me? A ballar sense música?

–Sí. Bé, és una música que només sent ell. I diu que la vol fer ballar molta estona, i ballar, ballar, ballar, fins que acabi sentint la mateixa música que sent ell. Sap què vull dir? La música que ell s'imagina.

–Sí, sí, acabar sentint la música que ell s'imagina. –Feia una estona que el somriure s'havia anat desdibuixant en la cara de la dona.

–Està tan enamorat que fins i tot sent músiques imaginàries, fixi's. –Els ulls de la Vídua Blanca ja semblava que buscaven una escapatòria.– I diu que, si aconsegueix que acabi sentint la mateixa música que ell, voldrà dir que se n'ha enamorat.

La Vídua Blanca va deixar l'hotel aquell mateix dia. Tenia molta pressa per anar-se'n. Va dir que li havien trucat de casa, que un parent la reclamava que hi anés perquè estava molt malalt. El cas és que es va instal·lar a l'hotel *Espléndido* d'Olverola i que anava dient que la perseguia un boig perillós.

2 A PUNT DE MORIR

La Hanna es cargolava de riure.

El vell Valero també havia rigut, i ben de gust, quan en Lluc li havia explicat com havia anat amb la Vídua Blanca. Va quedar ben clar que, entre l'amor de la senyora grossa i l'amistat del nen, l'ancià es quedava amb la segona.

–És que –li va confiar el vell Valero un dia, mentre passejaven per bosc– en tota la vida no he pogut tenir fills, saps? Sempre en vaig voler tenir, però no puc... –Va ser en aquest moment quan en Lluc pensà que el vell Valero s'assemblava al pare de Pinotxo.– I ets com el fill que m'hauria agradat tenir. O potser, a la meva edat, més que fill, nét...

Com a bon nét, en Lluc decidí posar una mica de felicitat en la vida del vell Valero. Sortiren amb barca, a pescar a la fluixa amb el pare d'en Lluc (que, dos anys enrere, no permetia que el seu fill navegués sol) i, a canvi, el vell va ensenyar al xaval uns quants trucs de prestidigitació amb les cartes. «Agafa una carta, agafa'n una i mira-la, i no em diguis quina és, no me l'ensenyis, posa-la aquí, on vulguis, no miro...», i sempre encertava la carta que era. I després resultà que el truc era molt senzill i que fins i tot un nen com en Lluc el podia fer.

–Em faràs un truc de màgia? –suplicava la Hanna, en arribar a aquesta altura del relat.

–Sí, però només te'l faré una vegada, perquè els trucs només es poden fer un cop. I no et diré el truc.

–Apa, Lluc, *porfa*, Lluc –*porfa*, deia la Hanna, perquè en Lluc sempre deia *porfa*–. Explica'm el truc, que sempre he volgut ser una maga...

–T'has fixat que no hi ha prestidigitadores? Només hi ha prestigitadors. Saps per què? Saps com s'explicava, això, el vell Valero? Doncs deia que totes les dones tenen...

–Tenim.

–Que teniu poders sobrenaturals de veritat, i per això podeu ser magues i fades i bruixes i fer prodigis i miracles de veritat. I que els homes no ho podem fer, no tenim poders sobrenaturals, i per això ho fem veure, amb trucs. Deia que una dona prestidigitadora era tan absurd com una àguila amb paracaigudes.

Amb el vell Valero també jugaven a matar indis.

–On aniràs aquesta tarda?

–A matar indis, al bosc.

A la mare d'en Lluc no li agradava que el vell Valero se li emportés el fill a matar indis.

És clar que no anaven a matar indis. Ni al bosc, ni a l'illa, ni en tot el país hi havia indis. I, encara que n'hi hagués hagut, no tenien armes per matar-los. Matar indis volia dir anar al bosc i córrer de garrofer en garrofer, i amagar-se, i fer veure que es disparaven trets amb bastons i branques. «Pam, pam!, mort!» Res de l'altre món. El vell Valero de seguida es cansava i s'asseia en un arbre caigut. Reia molt i, de tant en tant, sospirava, nostàlgic, i acariciava els cabells rossos i escabellats d'en Lluc. Quan deien «matar indis», només era una manera de parlar.

–Doncs no m'agrada aquesta manera de parlar –el renyava la mare–. Els indis són persones, éssers humans, i és de molt mal gust jugar a matar persones.

En Jaume, el pare d'en Lluc, intervenia per recordar a la Margalida quantes vegades, de petit, ell havia jugat a matar indis, i això no l'havia fet una mala persona. Llavors, es posaven filosòfics i deien que les coses havien canviat molt, per millorar. Quan ells eren joves, els jocs eren molt més violents, i racistes i despietats, i no hi havia cap consciència d'ecologia i conservació del medi ambient. «Imagina't com devien ser les coses a la infantesa d'en Valero.» Estaven d'acord que, sens dubte, l'educació que rebia la canalla era molt millor que la de la seva època. I això permetia a la Margalida tornar al principi de la discussió:

–...Per això, no m'agrada que en Lluc jugui a matar indis. Perquè és un salt enrere.

Un dia, el vell Valero va estar a punt de morir.

Per sort, li va passar enmig de la terrassa, al migdia, després de dinar, i hi havia molta gent per atendre'l, un metge i tot. Per sort, no li va passar quan anava amb en Lluc tots dos sols.

Va agafar el bastó, es posà el barret ridícul de palla al cap i va fer dues passes. Una i dues passes, i va caure de costat, arrossegant una cadira i tombant una taula, amb un escàndol de mil dimonis.

Barrabum, i corredisses amunt i avall, i «què li ha passat, al vell Valero, què li ha passat?» Fulminat. Sort que hi havia un metge entre els clients de l'hotel, i era a la terrassa, i el va estirar de panxa enlaire, i li va descordar la camisa, i el va auscultar, i li va fer el boca a boca. El portaren, enlaire, fins al llit de l'habitació més pròxima i, minuts més tard, arribava una ambulància i se l'enduia a un hospital de Palma.

En Lluc va plorar molt. Molt. Era la primera vegada a la vida que s'encarava amb la mort. Si el vell Valero es moria, mai més no el tornaria a veure, mai més no podria parlar-hi, mai més no sortirien a pescar a la fluixa, ni farien jocs de mans ni matarien indis al bosc dels garrofers. En Lluc es va adonar que encara li havia de dir moltes coses, coses que no li podria dir mai si el vellet es moria. I això no el va deixar dormir durant unes quantes nits.

El vell Valero devia pensar alguna cosa semblant. Si es moria, no podria explicar a en Lluc el secret del seu tresor. I, per això, quan es va refer de la malaltia i tornà a l'hotel, molt més prim i pàl·lid, amb cara de malaltia irreversible («res, tot just m'hi estaré un parell de dies, per recollir les meves coses i arreglar el viatge de tornada a l'Argentina»), va insistir a parlar amb en Lluc a part.

Era un vespre, després de sopar.

–Vine cap aquí, t'haig de dir una cosa molt important.

El va conduir fins a l'aparcament i allà, entre els cotxes, el va mirar fixament amb els ulls enrogits i li va dir:

–He estat a punt de morir.

En Lluc va respondre, amb gran reverència:

–Sí, és veritat.

–T'haig d'explicar el meu secret perquè m'he vist a les portes de la mort i seria una desgràcia que em morís sense trobar un altre guardià del tresor.

–Un altre què?

–Mira, Lluc: tu saps que t'estimo com s'estima un nét. Ets la millor persona que conec, la més noble, la més sincera i valenta. Estàs disposat a dedicar la vida a l'ideal més noble que et puguis imaginar?

–Home –va vacil·lar en Lluc–, així tot d'una...

–Quan t'hagi confiat el secret, et veuràs carregat amb una missió i amb una responsabilitat tremendes, potser superiors a les teves forces, però sé que ets el millor guardià del tresor que podré trobar mai. Tinc altres persones a qui recórrer, altres guerrers, però no me'n fio, no me'n fio... Acceptaràs la missió?

I en Lluc, què podia dir? No podia defraudar aquell home, que tant confiava en ell.

–És clar que sí.
–Doncs vine. Puja al cotxe.
El vell Valero li va indicar un tot terreny de color blanc, molt brut de fang.
–És teu? –es va sorprendre en Lluc.
–L'he llogat. Puja.
A en Lluc li semblava que no era gaire prudent viatjar amb aquell senyor que podia caure fulminat d'un moment a l'altre, però no va tenir l'oportunitat de resistir-se. Abans que pogués ni tan sols plantejar-se la imprudència, ja s'hi trobava dins, corrent carretera amunt, cap a la sortida dels terrenys de l'hotel.
–Però hauria de dir al pare o a la mare...
–No els has de dir res. Això serà un secret entre tu i jo. Avui et convertiràs en un guerrer immortal, i els guerrers immortals han de saber actuar pel seu compte, al marge del control dels pares.
–Ah. Ja.
En arribar a la carretera nacional, hi ha un stop. Allí, el vell Valero es va aturar i es va tombar cap a en Lluc.
–Què fas? –Què feia? Li posava un passamuntanyes.– Eh, que això fa molta calor! Eh, que m'asfixio! (on el passamuntanyes havia de tenir uns forats per als ulls, hi havia dos pedaços de plàstic negre, dur i impenetrable. No podia veure res, amb allò al cap. I, a més a més, feia una calor de sauna). Eh, escolta! Escolti! Per què ho fa, això?
–És un petit sacrifici. És el primer sacrifici, mínim, insignificant, que has de fer per convertir-te en guerrer immortal.
Ai, quina por, i el pare i la mare d'en Lluc no en sabien res.
I explicava a la Hanna, dos anys més tard, que va recórrer a l'humor per exorcitzar la por. Imitava l'espan-

tat E.T. de la famosa pel·lícula de l'Spielberg: «Caaasa meeeva, telèeefon...» La Hanna reia, i acceptava el que li explicava el noi, malgrat que, quan suposadament havia passat, la pel·lícula *E.T.* encara no s'havia estrenat.

–Caaasa meeeva, telèeefon...

El cotxe va trencar cap a l'esquerra, carretera amunt, com si tirés cap a Olverola.

3 LA CERIMÒNIA DEL GUERRER IMMORTAL

La Hanna, meravellada, és clar.

Pel camí, el vell Valero li va explicar que pertanyia a una mena de societat secreta, una dinastia de grans guerrers, hereus d'una antiga noblesa i emparentats amb herois, déus i semidéus molt antics. Li parlà de guerres glorioses que s'havien iniciat feia molts segles i que encara no havien acabat. Li parlà dels escollits, dels Senyors, els Superiors, i de les forces obscures i tenebroses que últimament guanyaven batalla rere batalla i que amenaçaven la gran societat dels guerrers immortals. I li va confessar que era el guardià d'un fabulós tresor sagrat. Aquest tresor garantia la victòria futura i pròxima dels guerrers immortals.

Quan ho explicava a la Hanna, per il·lustrar la por que passava, en Lluc emetia, de tant en tant, un «caaasa meeeva, telèeefon...» tremolós i divertit.

Van pujar la muntanya i la baixaren, sempre seguint la carretera sinuosa que en Lluc coneixia revolt a revolt. Va endevinar que arribaven a Olverola. Acabaven de traçar els darrers revolts, arribaven al pla, s'aturaven a l'stop de la carretera que porta as Port d'Olverola.

A partir d'aquell punt, en Lluc es va perdre. El cotxe va trencar cap a l'esquerra, com si anés al port, però de seguida van girar un altre cop cap a la dreta, de manera que el noi no va poder saber si havien enfilat un carrer desconegut o s'havien limitat a creuar la carretera com feia l'autocar que, a l'hivern, el portava a col·legi. I van girar cap a un costat i l'altre, com a l'atzar, i s'aturaren i tornaren a arrencar, i pogué sentir brogit de trànsit, és a dir, que s'havien introduït a la població, però de seguida arribà el silenci, el cant insistent dels grills i l'olor de tarongers, és a dir que havien sortit una altra vegada de la població.

En Lluc estava confós de por. «Caaasa meeeva, telèeefon...» Necessitava un telèfon per avisar el pare i la mare, que devien patir. Era molt tard. S'estava allunyant massa de casa.

–Que falta gaire?

–Ja arribem.

–Oh, caaasa meeeva, telèeefon...

Li va passar pel cap que aquell vell xaruc s'havia tornat boig en veure's tan a prop de la mort i que ara el segrestava amb intencions inconfessables. Feia esforços terribles per no plorar ni gemegar ni cridar la mare.

–No vas plorar ni res? –va exclamar la Hanna, absorta en el relat–. No m'ho crec!

–Bé, és clar que vaig plorar i gemegar i vaig demanar-li que em tragués aquella caputxa, i li vaig dir que no volia ser un guerrer immortal i que em tornés a casa, amb la mare, però em va pegar a la boca...

–Que et va pegar a la boca?

–...I em va dir: «Calla! Els guerrers immortals no ploren!» I, és clar, què volies que fes jo. Doncs esforços terribles per no plorar ni gemegar ni cridar la mare.

–No m'ho crec!

–Noia! No et creus res!

–Sí, sí que m'ho crec. Continua.

El vell Valero va aturar el tot terreny i li va dir que baixés.

–Vine amb mi. No tinguis por.

–Em puc treure la caputxa?

–No. Vine.

–Caaasa meeeva, telèeefon...

Van avançar per un terreny regular, com asfaltat, però amb algunes pedretes, o grava, o arena, que cruixien sota les sabates. El vell Valero conduïa en Lluc agafant-lo pel clatell. Es van aturar.

–Ja hem arribat?

–Encara no.

–Caaasa meeeva...

El va interrompre el xerric d'una clau en un pany. *Cric-crac!* Una clau grossa i antiga en un pany molt gros i molt antic. I, després, el grinyol esgarrifós d'una porta mal greixada. *Nynynyiiiiic!* Ostres, com de pel·lícula de vampirs. Van continuar avançant damunt l'asfalt i sorra i pedres que feien *crec, crec, crec,* a cada passa. No havien entrat en una casa, sinó en un gran jardí amb arbres que murmurejaven en passar el vent entre les fulles i que desprenien una olor peculiar. I també hi havia en l'ambient, en Lluc no sabia com explicar-ho, una espècie d'olor embafadora de flors pansides.

Una altra vegada:

–Espera, espera.

Una altra vegada el catacrac d'una clau antiga en un pany antic, cops secs, com si fes molt de temps que ningú no utilitzava ni la clau ni el pany. *Catacrac!*

–Passa. I vés amb compte, hi ha esglaons.

En Lluc es va pensar que l'escala pujava i va estar a punt de caure de cap. El vell Valero l'agafà pel coll de la camisa i, alhora, en Lluc estengué els braços cap als costats, buscant un suport, i va topar contra els muntants d'una porta molt estreta. Va deduir, llavors, que devien estar entrant en alguna mansió d'Olverola per una porta que comunicava directament el jardí amb el soterrani, una carbonera potser.

Van baixar sis esglaons i arribaren a un lloc tancat i sufocant, que feia pudor d'humitat i brutícia. Allí dins, l'aire era dens i enganxós i alterava la respiració. «I ara...?»

–Ara, espera un moment –va dir el vell Valero–. Ja veuràs com valia la pena venir fins aquí.

–Ja em puc treure la màscara?

–Encara no.

–Caaasa meeeva, telèeefon...

–Quan jo t'ho digui.

Va sentir que feia servir un encenedor i de seguida percebé olor de cera. Va sentir que agafava teles i objectes de la paret de la dreta, que desplegava el que després resultà ser una petita escala de tres esglaons, i va sentir els esbufecs del vell en pujar-la i com remugava perquè alguna cosa no li sortia bé. Sorollets d'objectes metàl·lics i pesats damunt marbre, *plonc, plonc,* i finalment:

–Ja et pots treure el passamuntanyes.

Se'l va treure com si s'estigués a punt d'ofegar, com si ja no pogués contenir la respiració ni un segon més. I es va trobar amb la mirada il·lusionada, gairebé infantil, del vell Valero. Una cara coberta d'ombres vacil·lants projectades per una espelma.

La qualitat del so ja li havia fet preveure que l'estança no era gaire gran, però resultà ser molt més petita del que esperava. Amb prou feines feia tres metres d'ample per cinc de profunditat, i tenia un sostre baixíssim. Per descomptat, no era un soterrani, ni una carbonera. Què era allò? On es trobava?

Les parets dels costats i la del davant estaven cobertes amb grans teles de seda vermella, una mica descolorida, en les quals hi havia penjades pintures que es veien bastant antigues, amb marcs que a en Lluc li semblaren d'or. Enmig de la sala hi havia una taula gran de marbre blanc, bruta de pols de segles, i al damunt hi havia el tresor dels guerrers immortals.

–Un tresor? –no se'n sabia avenir la Hanna–. Un tresor de veritat?

Bé, no responia exactament a la idea que en Lluc tenia d'un tresor. No hi havia cofres ni baguls vessant de pedres precioses, ni hi havia piles i piles d'objectes d'or. Però el vell Valero deia que era un tresor i que allò valia milions de pessetes, i ho deia de tal manera que se l'havia de creure. Hi havia estatuetes negres o blanques, decorades amb detalls d'or. «Dones nues i coses per l'estil», va resumir en Lluc, amb aire d'home de món.

–...I espases, i punyals amb inscripcions antigues, fetes amb lletres antigues, i pistoles antigues, i una calavera de pirates, i una mena de maraques...

–Unes maraques?

–Una mena de maraques, no sé. I, el que em va cridar més l'atenció: una caixa plena de palletes d'or.

–Palletes d'or!

–Sí. I el vell Valero em va dir: «Aquest és el teu tresor, Lluc. Quan jo em mori, tu en seràs el guardià!»

–Molt bé –va dir en Lluc–. I ara, ens en podem anar? És que a casa m'esperen...

–No: espera. T'ho he d'explicar tot. –El vell Valero el va retenir. La llum de l'espelma li feia faccions de diable a la cara.– Hi ha uns homes dolents, infrahumans, obscurs i perversos, que se'n volen apoderar. Són homínids que em volen matar. Per això he hagut de viure amagat tota la vida...

–I això no m'ho pot explicar pel camí, mentre tornem a casa? És que em renyaran, sap?

–Si algun dia em mataven, Lluc, el dia que em mori, rebràs un paquet. Un notari de l'illa té un paquet per a tu, amb l'ordre d'entregar-te'l tan bon punt tingui notícia de la meva mort. En el paquet trobaràs la manera d'arribar fins aquest refugi, i les claus per entrar-hi. En aquell moment passaràs a ser-ne el guardià. I, quan em mori, pensa que t'aniran al darrere... per exigir-te que els diguis on és el tresor.

A en Lluc tant li era el rotllo del vell xaruc. Tenia cangueli i feia saltets de nerviosisme i volia sortir d'allà com més aviat millor.

–Està bé, està bé. Ens en anem?

–No –digué el vell guerrer immortal–. Abans, hem de fer un jurament de sang.

–Caaasa meeeva, telèeefon...

Quan deia «caaasa meeeva, telèeefon...», a en Lluc se li corbava la boca cap avall, en una ganyota que a la Hanna li semblava molt còmica. Però, ben pensat, era una autèntica ganyota de por. De pànic.

–Un jurament de sang?

El vell Valero havia empunyat una de les espases del tresor. Bé, una espècie de punyal, una espasa curta. En Lluc es va convèncer que el vell era boig. «Ara ve quan em maten.»

–No, no, no!

–Sí, sí, sí!

El vell el va engrapar pel canell. Tenia molta força. Més del que semblava. Forcejaren, i en Lluc es va posar a plorar, i va demanar perdó, i va demanar que, sisplau, sisplau, sisplau, el deixés anar. No volia ser el guardià de cap tresor i ho va proclamar a crits, per favor, per favor, però el vell Valero li va obrir la mà i li va fer un tall al palmell. Quin tall! De moment, no feia gaire mal, perquè la daga estava molt esmolada, però va començar a sortir sang, molta sang, i la sang és molt escandalosa, i en Lluc podia ser més escandalós encara.

–M'ha fet mal! M'ha fet molt de mal, miri! Caaasa meeeva, telèeefon...!

El vell el va deixar anar i, sense dubtar, es va fer un tall al palmell de la mà dreta.

–I ara –va dir llavors, imperiós, impertèrrit–, toca-la!

Li oferia la mà ensangonada, com per estrènyer-la-hi, com bons amics. En Lluc pensava que, si permetia que li estrenyessin la mà, encara li sortiria més sang de la ferida, i es dessagnaria, i es moriria.

–La mà!

Però era un moment important. Ho podia veure en els ulls del vell Valero. Era un moment transcendental, una cosa que el marcaria per sempre i això es podia veure en la mirada noble i ferma de l'ancià. I en Lluc ja no es podia fer enrere. De manera que li va donar la mà i el vell Valero se la va quedar per sempre. La hi va retenir i restà una bona estona mirant-lo als ulls sense parpellejar.

En Lluc va sentir una esgarrifança. Es va emocionar. Es convertia en adult, en guerrer immortal, assumia una responsabilitat esplèndida.

–Ara, som germans de sang, Lluc –va dir el vell guerrer–. Les nostres sangs es barregen. Ara, tenim un compromís secret. Ja ets un dels guerrers immortals. Hi ha jovenets, nens, que es fan grans quan una gran causa els hi obliga.

I en Lluc pensava: «Sí, sí, sí!»

–I què va passar aleshores?

Que el vell es va estovar i es posà a plorar. I va agafar en Lluc, i l'abraçà amb força, plorant i plorant, i dient-li: «Fill meu, fill meu, perdona'm el mal que t'he fet, perdona'm, t'estimo tant», i en Lluc també deixà anar un plor, però era un plor diferent a l'anterior, ja no era rebequeria de nen, era plor d'home, plor de gratitud. «Gràcies, gràcies per donar sentit a la meva vida», o alguna cosa així. I tots dos, «buàaa» i, després, «caaasa meva, telèeefon...» i «jo vull anar a casa amb la mama».

I el vell Valero, de sobte sol·lícit, convertit en avi:

–No et preocupis, ja ens en anem. Ara mateix ens en anem.

Ara mateix no era en aquell precís moment perquè en Lluc s'hagué de posar una altra vegada la caputxa i s'hagué d'esperar que el vell Valero tornés a ordenar tot el tresor i despengés els tapissos i els quadres. Després, van pujar els sis esglaons, i tornaren a l'aire lliure. El vell Valero va tancar la porta centenària, *cric-crac!*, i caminaren per aquell jardí d'olors pansides i arbres grossos que filtraven el so del vent, acompanyats de l'escàndol que feien el grills, i passaren la reixa, que grinyolà, *nynynyiiic!*

En el tot terreny, camí de casa, el vell Valero va impartir les darreres instruccions:

–D'això, no n'has de dir mai res a ningú, Lluc. Mai res a ningú. O moriràs. No sóc el darrer guerrer immortal, Lluc. N'hi ha molts, disseminats per tot el món, i no suporten les traïcions. Seràs el protector d'aquest tresor i, quan algun dels guerrers immortals es posi en contacte amb tu, el reconeixeràs perquè portarà el distintiu secret. Si arriba algú a l'hotel preguntant-te per mi, o parlant del tresor, i no porta el distintiu secret, pensa que no és un guerrer immortal sinó un dels homínids, els infrahumans, un maleït ésser infernal que et voldrà arrencar el secret del tresor amb els mitjans que calguin. *Amb els mitjans que calguin,* comprens? No dubtaran ni tan sols a torturar-te.

–Doncs quina responsabilitat m'ha caigut de cop a sobre.

El cotxe es va aturar.

–Ja et pots treure la caputxa.

–Uf!

Tornaven a ser a l'aparcament de l'hotel. Havien arribat sense incidents.

L'incident se'l va trobar en Lluc a casa, quan el pare i la mare els van rebre amb una renyada magistral. Què s'havia cregut el vell Valero, emportant-se el nen, a aquelles hores, sense dir res? En Lluc era massa petit per haver de cuidar un vell malalt, que s'acabava de recuperar d'una embòlia! I, a més, en Lluc tornava amb un tall fondo a la mà!

–S'ho ha fet amb una pedra –va mentir el vell, sense parpellejar, amagant la pròpia ferida.

En Jaume i la Margalida li van ordenar que no tornés a sortir amb el vell Valero mai més, ni s'hi acostés. Però era una ordre inútil, perquè el vell boig va fer les maletes aquella mateixa nit i se'n va anar l'endemà sense dir adéu a ningú, ni tan sols al nen.

I el nen mai no havia explicat a ningú l'aventura d'aquella nit.

Va començar a rebre postals, com a mínim una al mes, procedents de diferents països del món, escrites per diferents mans. Una trentena de postals que deien coses com «Els guerrers immortals et donen la benvinguda», o «Recorda el nostre secret», o «Qui calla és savi, qui parla és mort», totes firmades amb un gargot estrany, una mena de cercles concèntrics tallats per una creu. El distintiu dels guerrers immortals.

Per convèncer la meravellada Hanna, en Lluc li mostrà la cicatriu de la mà dreta i les postals, que portava en un sobre a la butxaca de darrere els pantalons. «Ja ets un dels nostres.» «Un milió d'ulls vigilen el vigilant del tresor.» No s'ho podia haver inventat un nen, la lletra de les postals era d'adult. De molts adults diferents.

–I què en diuen a casa d'aquestes postals?

–Els dic que és un joc, que nens de tot el món juguem a intercanviar postals.

–I a mi per què me l'has explicat, el teu secret?

–Perquè acaben d'arribar un parell d'homínids a l'hotel, preguntant pel vell Valero.

És clar. Els dos homes atlètics, el ros i el moreno, el del xiclet i el del cigar. Un havia tret a ballar la Tilly la nit abans.

–...No crec que em torturin perquè els expliqui el secret, perquè no sé on és el tresor, encara no en sóc el vigilant oficial. Però el vell Valero està a punt d'arribar a l'hotel. Té feta una reserva per al diumenge vint-i-dos, d'aquí a nou dies. Necessito que m'ajudis, Hanna. Què faig? Què puc fer?

–Suposo que has d'avisar el vell Valero...

–Però no sé com fer-ho!

–Llavors, hauràs d'aconseguir que aquells tipus se'n vagin de l'hotel demà mateix –va suggerir la Hanna.

–M'ajudaràs?

–Hem d'aconseguir que se'n vagin demà mateix.

–Però, com?

Capítol tercer

1 SAL

La Cinta, pobra dona, la cambrera que feia de tot, estava petrificada. A la cuina, amb el cullerot a la mà i davant dos plats de sopa, immòbil com una estàtua. Algú va dir, més tard, que s'havia convertit en estàtua de sal, com la dona de Lot, i no anava gaire equivocat.

Li solia passar, a la Cinta. Quan es trobava en una situació conflictiva, de difícil solució, o quan tenia molta por, o quan rebia una impressió molt forta, es quedava així, garratibada, com catatònica, o cataléptica o com es digui, i només movia els ulls d'un costat a l'altre, com un animaló amenaçat que pretén confondre's amb el paisatge, que espera que l'enemic se'n vagi i que calcula desesperadament per on pot escapar-se si el descobreixen.

Així la va trobar la Margalida.

–Però què fas, Cinta? Som-hi! Els consomés de la cent tretze!

Què li passava a la pobra dona?

De seguida es va saber. La Margalida no la gosà treure de la letargia perquè diuen que pot ser dolent per al cor, però ja que semblava que el patatús li havia sobrevingut quan tastava el consomé, la mare d'en Lluc es decidí a tastar-lo també, i llavors ho va entendre tot. Va escopir i exclamà què diantre passava allà, qui havia fet allò.

Ho havia fet en Lluc. La Cinta l'havia sorprès amb el saler davant els plats, i havia sospitat alguna cosa rara, havia tastat el consomé i s'havia trobat amb el líquid més salat que havia tastat des de l'última vegada que s'havia banyat al mar. No era estrany que s'hagués convertit en estàtua de sal.

–Lluc!

Per què havia abocat tot un saler en el consomé dels hostes de la cent tretze?

Els hostes de la cent tretze eren els dos homínids atlètics, el ros i el moreno. L'Operació Salaó havia fracassat.

En Lluc corregué a comunicar la mala notícia a la Hanna, que prenia el sol al costat de la piscina, fingint un interès desmesurat pel llibre rere el qual es parapetava. Havia llegit: «En entrar al forat, Ulls Rojos va cridar Pell d'Escates», que era la primera línia del primer capítol. I, com aquesta, havia llegit unes quantes línies més sense entendre gaire bé el que deien. Estava enfurismada per en Mànnix. No se'l podia treure del cap i havia de fer un esforç per no mirar-lo. La irritava que el noi no l'hagués anat a saludar aquell matí. Què li passava? Estava ressentit? Quina culpa en tenia ella, que fos al·lèrgic als rèptils? Havia arribat a la piscina després que ella i ni tan sols li havia dedicat un gest amb la mà, ni una mirada casual, ni un salt mortal des del trampolí. Tampoc no semblava especialment afectat pel que havia passat la nit abans. Si com a mínim es mostrés enfadat...! Parlava amb els seus pares amb tota naturalitat, i reia i es movia com si la Hanna no existís.

La Hanna l'odiava i encara la irritava més no saber exactament per què l'odiava.

Què li passava a la Hanna? Per què no volia lligar amb ningú? Per què no volia lligar amb en Mànnix? Un any enrere, hauria fet malabarismes per sortir amb un noi com en Mànnix. Simpàtic, trapella, juganer, tímid, alt, nassut. La treia de polleguera pensar que era realment una pobra noia traumatitzada per la separació dels pares. Sempre s'havia rigut dels llibres sobre aquest tema que li recomanaven a l'escola. Una mica més i hauria d'acceptar que se n'havia enamorat. Quin horror!

Per sort, va arribar en Lluc per treure-la de les depressions. Molt nerviós. Duia a la mà una bossa de vellut verd, tancada amb una cinta blanca. Cridava:

–Hanna! Hanna!

Li venia a dir que s'hauria d'encarregar ella de l'Operació Kaa, alternativa a l'Operació Salaó.

I en Mànnix s'hi va interposar:

–Eh, Lluc! On vas tan de pressa?

En Lluc es va aturar i el va mirar. En aquella amabilitat exquisida, qualsevol hi podia haver detectat una amenaça horrible.

–Duc aquesta bossa a la Hanna.

Ni tan sols llavors en Mànnix es dignà a dirigir la mirada a la noia. Maleït!

–I què hi duus, en aquesta bossa?

–Mira.

En Lluc va afluixar la cinta blanca i li va mostrar el contingut de la bossa de vellut. S'ho mereixia, l'al·lèrgic: per al·lèrgic. En Mànnix va fer un crit, «aaaah!», retrocedí com en Christopher Lee davant la creu i va caure estrepitosament a la piscina. I en Lluc, sense aturar-se a observar les conseqüències de la seva exhibició, va anar fins a l'hamaca de la Hanna.

–És que m'han castigat –va explicar–. M'han fet menjar els consomés de la cent tretze. Era un pla perfecte. Si s'haguessin menjat aquells consomés, ara estarien dins d'una ambulància, camí de l'hospital general de Palma. Jo mateix, ara, m'estic posant malalt, però els meus pares no tenen entranyes i em deixaran morir sense parpellejar. També m'han castigat a passar la resta del dia tancat a l'habitació, segurament per tal que els clients de l'hotel no em vegin morir pels passadissos. El cas és que t'hauràs d'encarregar de l'Operació Kaa.

La Hanna es petava de riure. En Mànnix treia el cap fora de l'aigua i els mirava amb els ulls desorbitats.

–D'acord. Porta la bossa.

–Mira la Kaa que bonica que és.

A la Hanna no li feia cap gràcia haver de carregar la bossa de vellut verd. Però en Mànnix l'estava mirant i això li facilitava el tràngol. Era molt dona. No li agradaven les serps, però va dominar el més petit símptoma d'escarafall quan en Lluc en va treure aquell magnífic exemplar, agafant-la pel coll. Era una colobra d'uns vint-i-cinc centímetres, que es desenroscava, mandrosa, i saludava amb la llengua bífida.

–No tinguis por. No és verinosa. Però això els homínids no ho saben.

–I encara que ho sabessin. Suposo que a ningú li agrada estar en un hotel on corren serps per les habitacions.

En Lluc va tornar a posar la fera a la bossa i la Hanna, amb un sospir d'alleujament dissimulat, va dedicar un cop d'ull de superioritat a en Mànnix.

–Després de dinar, els homínids se n'han anat a Olverola. Suposo que no tornaran fins al vespre. Aprofita que són fora.

–I la clau de l'habitació?

En Lluc havia pensat en tot:

–Se l'han endut, però tant se val. Hi ha una clau mestra. Jo no te la puc aconseguir. Mira: quan vegis l'Adrià molt enfeinat, li dius que t'has deixat la clau dins l'habitació i que et deixi la clau mestra. Si té molta feina, et dirà que l'agafis tu mateixa de darrere el taulell. Obre totes les portes. L'habitació dels homínids és la cent tretze.

–Bé.

En Lluc se'n va anar, molt dinàmic, cap a recepció, per entregar-se a l'autoritat dels seus pares i complir condemna.

2 KAA

La Hanna es va aixecar de l'hamaca, contenta de tenir un altre objectiu a la vida, a part del d'enfurismar-se pel Mànnix. Amb la tovallola damunt una espatlla, a manera de sarape mexicà, i gronxant la bossa verda agafada amb dos dits, va passejar el biquini vermell davant dels nassos de l'emmurriat xicot (que encara no s'atrevia a sortir de l'aigua) i es dirigí cap al bar.

L'Adrià estava recolzat al taulell, llegint *El Mundo Deportivo*. Si li demanava la clau en aquell moment, ell mateix s'oferiria a obrir-li la porta, així és que la Hanna ho deixà per un altre moment. Va anar a l'habitació, va deixar la bossa verda damunt la taula i tornà a la piscina.

Encara no havia tingut temps d'asseure's a l'hamaca, ni tan sols s'havia despenjat la tovallola de l'espatlla, quan es va sentir aquell xiscle que va fer vibrar tots els vidres de l'edifici, que va gronxar les capçades dels garrofers del bosc com una sobtada ràfega de tramuntana, que va despentinar tots els presents i que va aixecar onades de tres metres mar endins. Quin xiscle. Procedent de l'habitació de la Hanna, que donava a la piscina. La Tilly sortia per la finestra com un lladre sorprès in fraganti. Només que se sabia fixament observada per la vintena de persones atònites que ocupaven les cadires de la terrassa i les hamaques de la piscina.

Va dirigir una mirada espurnejant al distingit públic i va somriure com una trapezista seductora, com si se sorprengués: «Oh, eren aquí tota l'estona?» Anava vestida amb l'impecable equip de tenis, amb raqueta i gorra incloses i, com qui aixeca bandera blanca, mostrà a la concurrència un exemplar del *Soleil-Sun*, publicació local d'anuncis.

La Hanna la mirava amb el cap tort: «Una altra vegada tafanejant-me l'habitació?»

–He vingut a buscar això! –es va justificar la Tilly a crits, amb un gran somriure d'«aquí no passa res»–, perquè aquesta nit volem anar a una discoteca i... i per això...! –Allò no explicava per què havia de sortir per la finestra.

Va callar, i el silenci va ser tan estrepitós com si tots els presents li haguessin replicat a cor: «Mentida!» I es va estar somrient sense dir res uns minuts més, com confiant que la gent s'acostumaria a la seva insòlita presència i així acabaria passant desapercebuda.

No ho va aconseguir, és clar. Aquella era una situació ridícula que no podia prolongar-se gaire estona. La Tilly no gosaria mai més entrar a l'habitació (i la Hanna sabia què era el que s'interposava entre ella i la porta de la cambra!), així que es limitava a somriure des de l'ampit mentre es devia estar preguntant què fer a continuació. I tots li tornaven el somriure sense comprendre què era el que pretenia.

Finalment, en la postura més elegant possible, com si ja hagués aconseguit tota l'atenció del públic que el seu ego li reclamava i ja hagués assolit l'estat físic i mental necessari per al seu número, va comptar fins a tres i saltà.

La Tilly, equip de tenis, raqueta, gorra i publicació d'anuncis, penetraren a l'aigua de la piscina enmig d'una esquitxada aparatosa que va arribar fins i tot a aquells que no estaven prenent el sol. Els ulls de tots els presents deien «està boja!» i es tenyien d'una certa compassió. «I què farem ara, quan surti?» «Què es fa en aquests casos?» «Quina situació tan poc airosa.»

La Hanna no es va esperar a veure-la sortir. Arrencà a córrer. «De segur que aquesta idiota s'ha deixat oberta la porta de l'habitació!» No va fer cas de l'esgarip imperatiu de la Tilly.

–*Hannelore!*

Va sortir de la piscina amb gestos casuals i relaxats, amb expressió absent, mirant a terra, ignorant l'expectació que regnava al seu voltant, com si no s'hagués adonat que havia passat res de particular.

La porta de l'habitació era oberta, efectivament. I la bossa de vellut verd també, és clar. La Hanna es podia imaginar l'expressió de rateta curiosa de la Tilly: «Què deu ser això, què deu ser?» I ni rastre de la Kaa. Devia estar ben espantada, pobra serp.

Es va posar a buscar pels racons del passadís, avançant cap a recepció.

La Cinta l'havia trobat abans que ella. La pobra dona estava al costat del taulell de recepció, amb l'escombra a les mans, capcota, convertida en estàtua humana, com aquells artistes que s'estan al carrer i només es mouen si algú els tira una moneda. La Hanna, que ja s'havia familiaritzat amb les reaccions de la Cinta, de seguida va endevinar que havia vist alguna cosa rara, alguna cosa desconcertant, que encara la veia i que no sabia com reaccionar. Va seguir la mirada inquieta de la dona i va descobrir la colobra en un racó, al costat del test d'una palmera.

–Ah, és aquí, gràcies!

La serp devia estar una mica acoquinada, enlluernada després de sortir de la foscor de la bossa i atabalada pel crit de la Tilly, perquè es va deixar capturar sense oposar resistència. (Ecs!) La Hanna no havia pensat a agafar la bossa i no volia agafar la serp amb les mans durant gaire estona, de manera que es va despenjar la tovallola de l'espatlla i hi ficà la Kaa.

En aquell precís instant, va arribar la Tilly. Xopa de cap a peus, deixant un regueró d'aigua rere seu, els cabells enganxats al crani (ella que sempre feia impossibles per no mullar-se'ls!), la raqueta en una mà i la gorra a l'altra. Ostentava un dels seus somriures elèctrics i movia les celles amunt i avall per simular una actitud relaxada i oberta al diàleg, però els seus dits estrenyien la gorra amb tanta força que l'aigua s'escorria en forma de rajolí.

–Ah, Hannelore –esbufegava una mica. Si forçava una mica més el somriure, se li esqueixaria la boca.

–Digue'm Hanna, sisplau.

–Només et vull dir que t'entenc...

–Doncs jo no t'entenc! –se li va avançar la Hanna–. Què hi feies a la meva habitació?

–Aquest no és el tema!

–Ja ho crec que és el tema!

–El tema és què hi feia una serp a la teva habitació!

–És una serp guardiana, contra els lladres! A la meva habitació, hi puc tenir el que vulgui!

–Seu –li va indicar el sofà d'estampat antiquat, vora el llum de peu de fusta–. Hem de parlar.

–Hem de parlar de què hi feies a la meva habitació.

La Tilly sí que es va asseure, sense adonar-se que ho mullava tot. I mirà a terra, molt trista i transcendental.

–T'entenc, estimada Hannelore...

–Hanna.

–Pobra Hannelore. M'odies perquè et penses que contribueixo a allunyar el teu pare definitivament de la teva mare. I vols que em senti culpable... És natural... Però culpable de què? –Va alçar la vista: «Compte, que ara posaré el dit a la llaga.»– Potser culpable perquè diumenge a la nit vaig ballar amb aquell home?

–No diguis ximpleries! –va saltar la Hanna, nerviosa perquè notava que la Kaa es movia massa entre els plecs de la tovallola.

–No dic ximpleries –protestà la Tilly.

I va voler agafar la Hanna pel braç per acostar-s'hi i parlar amb més intimitat, o potser per abraçar-la o alguna cosa per l'estil, però aquell va ser el moment que va aprofitar la colobra per treure el cap i coquetejar amb ella ensenyant-li la llengua bífida. La Tilly va sortir disparada cap enrere, impulsada per un crit que se li va escapar sense voler, i es trobà asseguda al respatller del sofà.

La Hanna va desaparèixer del món durant una bona estona.

3 CAMISA TACADA

Va arribar aquella hora del vespre que la gent es reunia a la terrassa i prenia l'aperitiu d'abans de sopar, i l'Adrià anava d'una banda a l'altra, servint cerveses, vermuts, cocacoles i xerès, i no tenia temps per entretenir-se amb claus mestres.

–És que m'he deixat la clau dins l'habitació... –li va dir la Hanna.

–Agafa tu mateixa la clau mestra del taulell, estic molt enfeinat.

Amb la bossa verda en una mà, la clau a l'altra i una sensació malaltissa als budells, la Hanna es va dirigir a l'habitació número cent tretze. No anava pel passadís de la seva habitació. Qualsevol que la veiés li podria preguntar: «Què fas per aquí?» I, després diria als homínids: «La vaig veure per aquí...»

Va obrir la porta de la cent tretze. I si els homínids hi eren? No hi eren. En Lluc li havia dit que havien anat a Olverola. No hi havia res a la vista que fes pensar en éssers diabòlics. Li havia dit que no tornarien «fins al vespre», però què volia dir allò? De fet, ja es feia fosc. Havien anat a Olverola amb autobús o amb el seu Opel Kadett vell de lloguer? I què hi devien haver anat a fer? Si hi havien anat amb autobús per fer turisme, potser no tornarien fins a les tantes, però si hi havien anat amb cotxe per comprar alguna cosa a la farmàcia, això no els hauria ocupat gaire estona. Potser ja eren de tornada. Potser ja havien tornat. L'enxamparien. «Què hi fas aquí?» Tremolant com si estigués a quaranta de febre (potser hi estava), va obrir un dels llits i va ficar la Kaa entre els llençols. Ara s'obre la porta i em criden: «Què hi fas aquí?», i jo: «Sóc la cambrera.» No. Impossible. La coneixien de sobres. Sabien que no era la cambrera. I des de quan la feina de les cambreres consisteix a ficar serps al llit dels clients? Va tornar a fer el llit procurant no deixar cap sortida possible al rèptil. «Què hi fas a la meva habitació, nena?» Imagina't el que es podia imaginar. «A qui venies a buscar?» Imagina't. «A mi?» Després dirien: «Ella em va provocar. Pràcticament, se'm ficà al llit.» Ai, ai, ai. Corre.

Però quan havia de sortir corrent, «missió complerta!», no va poder evitar d'acostar-se a l'armari. Li cridava l'atenció que no hi hagués cap detall, a l'habitació, que parlés de la personalitat dels dos subjectes. Ni un llibre, ni una peça de roba per allà al mig. Va obrir l'armari perquè necessitava saber què era el que distingia els homínids de la resta dels mortals.

No hi va trobar cap cadàver, ni fuets, ni disfresses de capes roges.

El que distingia els homínids de la resta dels mortals era una camisa blanca, bruta, penjada entre vestits grisos d'alpaca. Tenia una taca que la Hanna no havia vist mai abans. Una taca molt lletja a l'aixella esquerra. Una taca com de ferro, com d'eina ben greixada. Però a l'aixella? Quina és l'eina que es duu sota l'aixella?

Resposta: una pistola, és clar.

Va tancar la porta de l'armari. Ai. Potser, si mirava dins les maletes, trobaria la pistola (les pistoles, tot un arsenal). Però ja tremolava massa i tenia moltíssimes ganes d'anar al vàter. Ai, mare. Va sortir de l'habitació. I si venien pel passadís i la veien? «Eh, tu, què feies?» Va recórrer el passadís. «Ara no em poden dir res. Només "Bona tarda", "bona tarda".» Baixà les escales, sortí a la terrassa. No l'havia vist ningú.

Després, només restava esperar. El crit dels homínids en trobar la serp. La fúria cega. «El compte, de pressa!

No volem passar ni un minut més en aquest niu d'escurçons!»

O bé: «Qui ha fet això? No ens en anirem fins a descobrir qui ha posat la serp a la nostra habitació!»

Els homínids van arribar amb cotxe. L'Opel Kadett de color vermell llogat a Olverola. Van pujar a l'habitació. I res.

El ros va destapar el llit per ficar-s'hi; però, abans de fer-ho, va veure el moreno que sortia de la cambra de bany i va pensar que era un bon costum rentar-se les dents o qualsevol altra cosa abans de caure adormit. I segurament va ser en aquell moment quan la Kaa, ansiosa de llibertat després de tantes hores d'asfíxia, va sortir d'entre els llençols i s'escapolí cap a qualsevol racó. L'homínid d'aspecte mediterrani no la va veure i l'altre, quan tornà al llit, no va tenir oportunitat de sentir el tacte viscós a la planta dels peus, com pretenien en Lluc i la Hanna.

L'endemà, els dos atletes inquietants van baixar al menjador per esmorzar, sense reclamar el compte ni buscar responsables amb ànim homicida. Somreien i repartien salutacions al seu voltant.

4 UN ACCENT DE BUENOS AIRES

L'endemà era diumenge i l'hotel s'omplia d'illencs que hi anaven a fruir de la reconeguda cuina. Al costat de la piscina, en Lluc trobava una explicació plausible del fracàs de l'Operació Kaa.

–Te n'adones, Hanna? Això demostra que són homínids, éssers diabòlics de veritat! Com preteníem espantar-los amb una serp si viuen eternament envoltats de serps? Cap homínid s'espantaria per la presència d'una colobra! Al contrari! De segur que ho van considerar un detall de bon gust! Per ells, una serp al llit deu ser una cosa normal i corrent. Com si els haguéssim posat un osset de peluix al coixí o alguna cosa així...

–Bé –li va fer notar la Hanna, amb alguna cosa més que sensatesa–, a tu la Kaa tampoc et feia cap por.

En Lluc passà per alt el comentari, com si no l'hagués sentit. Tenia més novetats.

El dia abans, havia aprofitat el temps de càstig per remenar entre els papers del despatx dels pares, i havia trobat de seguida les fitxes dels homínids i unes fotocòpies dels seus passaports. Es deien Jan Vartok i Eli Voss. En Jan Vartok era el ros del xiclet i l'Eli Voss era el moreno dels cigars. I eren nord-americans. El moreno dels cigars era de Chicago, ni més ni menys que de Chicago, la capital de la màfia, la pàtria d'Al Capone! Havien viatjat per tot el món, Turquia, Sud-àfrica, Extrem Orient, Mèxic...

–CIA? –va preguntar, amb les constants vitals en suspens–. La màfia? La Cosa Nostra? El ku-klux-klan?

Tant ell com la Hanna van arronsar les espatlles simultàniament.

Però això no era el més important. Entre els papers dels pares, també hi havia trobat la reserva de l'habitació del vell Valero per al diumenge vint-i-dos, d'aquí a una setmana. I al costat hi havia la fitxa de dos anys enrere, que el seu pare havia rescatat dels arxius. Oscar Telmo Valero, de nacionalitat argentina, amb domicili a Buenos Aires. I un telèfon de la capital argentina.

–Molt bé! Doncs truquem a Buenos Aires, a aquell telèfon, i li diem que no vingui.

–No. No podem –va dir en Lluc. I aquesta era la notícia alarmant.

–Per què?

En Lluc havia sentit una conversa entre el pare i la mare.

–I per què t'entestes a trucar-li? –havia preguntat la Margalida, quan se n'anaven a dormir.

–Perquè no vull que vingui aquell vell boig –havia dit en Jaume.

–Va, home, va.

–Va? Però no recordes que va segrestar en Lluc? No te'n recordes de com vam patir? I de la garrotada que va etzibar a en Trongí, al bar? I l'embòlia, enmig de la terrassa? Estava delicat i no parava de beure conyac... No entenc per què quan va trucar no li vas dir que ho teníem tot complet.

–És vell, pobre home. I ve des de l'Argentina. I, al cap i a la fi, no va passar res.

–Et sembla poc? I, a més, m'empipa que no el puguem localitzar. M'empipa que ens donés un número fals!

El vell Valero havia dit: «Els homínids em volen matar. Per això he hagut de viure amagat tota la vida.» Però això no ho podien saber els pares d'en Lluc, és clar.

–No és un número fals. Potser ens vam equivocar a l'anotar-lo.

–La qüestió és que no ens hi podem comunicar.

–I, quan es presenti aquí, després d'haver fet tot el viatge des de l'Argentina, no li diràs pas que se'n torni a casa seva, que no tenim habitació per a ell...

–Que vagi a l'*Espléndido* d'Olverola!

–Caram, si que l'odies...

–És a dir –resumia en Lluc el seu espionatge–: que no li podem trucar per dir-li que no vingui.

–Bé –va decidir la Hanna, inspirada–, doncs no li trucarem. Que truqui ell.

–Que truqui ell?

La inspiració de la Hanna semblava seguir el dictat del seu cor. Era l'oportunitat d'acostar-se a en Mànnix, el noi que se l'havia volgut lligar parlant en alemany i en espanyol de Buenos Aires.

–En Mànnix ens haurà d'ajudar!

En Lluc s'hi va resistir. Per què, en Mànnix? El considerava el seu pitjor competidor. I de seguida van poder comprovar que en Mànnix considerava que la Hanna i en Lluc eren els seus pitjors enemics.

–Però vosaltres què us heu cregut? Quina mena de titella us penseu que sóc? Us passeu la vida tirant-me rèptils als nassos i, després, veniu i em demaneu que us faci un favor... Però que us penseu que sóc un titella o què? –Quina fal·lera li havia agafat amb allò de titella.

La Hanna va pensar que li agradava cada vegada més i sobretot quan s'enfadava. Li agradava que demostrés que no era un titella, que no hi havia qui el dominés ni li prengués el pèl... Probablement amb la secreta i perversa intenció de dominar-lo i prendre-li el pèl tan bon punt es despistés.

–*Porfa*, Mànnix. És una qüestió de vida o mort...

–No em maregeu, estic de vacances.

–Escolta... –Havien de mentir per convèncer-lo. No podien revelar a ningú més el secret del tresor dels guerrers immortals–. És per fer fora de l'hotel aquells dos homes que semblen gàngsters americans...

–A mi no m'ho semblen...

–*Són* gàngsters americans! Són americans i fan servir pistola i un és de Chicago!

–I preparen un gran cop.

–Un atracament! –va dir la Hanna.

–Contraban a gran escala! –va dir en Lluc simultàniament.

En què quedaven? Atracament o contraban? La Hanna va improvisar per compaginar totes dues coses:

–Un atracament per apoderar-se d'un carregament de contraban a gran escala! El vaixell passarà d'aquí a una setmana. Hem de fer que se'n vagin abans de diumenge que ve!

Res de tot allò no convencia en Mànnix. Aquelles coses només passaven a les pel·lícules. I tal i com ho explicaven la Hanna i en Lluc, no s'ho hauria cregut ni un nen de quatre anys. El que el va convèncer va ser la mà de la noia que es posà sobre la seva, la mirada suplicant, *«Ich brauche dich»*, el deliciós accent alemany que dificultava lleugerament la comunicació, *«Et nessetisso»*.

–*Porfa,* Mànnix. Fes-ho per mi. Qüestió de vida o mort. Només has de trucar als pares d'en Lluc, amb accent argentí, i dir-los que el vell Valero no pot venir.

–Per què el vell Valero?

–Perquè els gàngsters dissimulen les seves intencions dient que són aquí esperant el vell Valero. Si diem que el vell Valero no ve, ja no tindrà raó de ser que es quedin aquí.

–Per què no?

–Perquè no!

–S'hi quedaran igualment...

–No s'hi quedaran.

–Vols dir que abandonaran la intenció de fer un gran cop només perquè...?

–*Porfa,* Mànnix, fes-ho per mi, Mànnix, *porfa*.

Ho deia d'una manera que en Mànnix no s'hi va poder negar.

Després de dinar, van anar tots tres caminant per la

carretera fins a Alcar, un petit poble de pescadors que quedava a dos quilòmetres de l'hotel. En realitat, ja no era un poble de pescadors sinó d'artistes extravagants, i els seus carrers s'havien omplert de sales d'exposicions i de restaurants cars per on es feia veure una multitud de gent guapa i multimilionària, vestida amb pantalons curts i samarretes foradades, calçada amb avarques, portant uns barrets impresentables i sempre carregada amb cabassos de palma.

Pel camí, en Mànnix va desplegar tot el seu repertori seductor. Acudits, rialles, anècdotes viscudes. En Lluc el va suportar de mal humor tot el trajecte. En lloc de riure-li els acudits, feia una ganyota amb mitja boca i remugava «He, he, he, molt graciós». La Hanna sí que li celebrava les ocurrències, encara que només fos per gratitud, a canvi del favor que els feia. Però el que és cert és que no tenia ganes de riure.

Què li passava? (es recriminava, impacient). Per què estava tan impermeable a la simpatia d'aquell noi (de qualsevol noi, de fet)? Quan no li feia cas, es tornava boja i, quan hi estava massa a prop, l'assaltava la necessitat imperiosa de fugir corrents. Li venien al cap, sense poder-ho evitar, les discussions entre el pare i la mare, els cops de porta, els plors, les confidències enverinades, «El teu pare és un...», «És que la teva mare...». I, després, la desfilada de pretendents a pare i a mare.

I la Tilly!

La mà de la Hanna va estar tot el passeig esquivant la mà d'en Mànnix, que la volia agafar.

Van trucar a l'hotel des d'una cabina d'Alcar.

–*Ehte, de que...* –deia en Mànnix, exagerant massa l'accent–. *¿Es el hotel* Marblau *de Alcar? Aquí le llama un telefonema de Buenos Aires, República Argentiiiina...* –La Hanna i en Lluc es miraven, nerviosos. «No s'ho creuran. Ai, que no s'ho creuran.»– Que truco de part del senyor Oscar Valero. I tinc males notícies per a vostès. El senyor Oscar Valero no podrà venir aquest any a l'hotel, tal com havia dit... Que per què? Perquè miri, res, no, que està finat, occit, mort.

«Fenesido», va dir exactament. *«Fenesido, ocsiso, muerto.»*

La Hanna i en Lluc, petrificats.

–Però què ha dit aquest animal?

–Caaasa meva, telèeefon...

De tornada a l'hotel, discutien:

–Doncs què volíeu que digués? No m'havíeu dit res per dir! «Improvisa, improvisa», doncs ja he improvisat, ja està! Si està mort, segur que no ve, oi? A més, no dieu que és molt vell? Doncs m'ha semblat que s'ho creurien. A més, deixeu-vos estar de bajanades, aquells gàngsters no se n'aniran només perquè els diguin que en Valero ha mort...

–Només havies de dir que en Valero no venia! Només això!

–Però què hi fa? Per què no podia dir que estava mort?

No li ho podien explicar, naturalment. I es van haver de trobar a soles, en un racó del passadís, per explicar-s'ho. Llavors, el nen xiuxiuejà, molt espantat:

–Si en Valero ha mort, jo sóc el guardià del tresor!

–Però no ha mort!

–Però ells no ho saben, i em vindran al darrere!

–Però no poden saber que ets el nou guardià del tresor!

–Com ho saps?

–Com ho podrien saber?

–Com saps que no ho podrien saber?

La conclusió era horrorosa:

–Em vindran a buscar, i em torturaran per tal que els digui on és el tresor... I ni tan sols sé on és el tresor!

La nit de diumenge, com la de dijous, també hi havia ball.

El sol s'amagava rere l'horitzó, en una d'aquelles postes que feien de l'hotel un lloc edènic i màgic, i en Tolo i la minifaldillera posaven a punt la megafonia i la petita superorquestra Yamaha, i en Jaume i la Margalida penjaven els coneguts enfilalls de banderetes i bombetes, i la Hanna estava recolzada a la barana del mirador, absorta, deixant-se despentinar per la brisa, quan algú va arribar per l'esquena i posà les mans a la barana, una a cada costat del cos de la noia, acorralant-la en una trampa claustrofòbica. Ella es va tombar, sobresaltada, i es trobà a prop, molt a prop, d'en Mànnix. Massa a prop.

–Què, ballarem aquesta nit? –va proposar el noi.

Massa a prop, massa de sorpresa, massa agressiu.

–Després de la cagada que has fet aquesta tarda? Ni pensar-ho!

–Però què dius? Si ho he fet formidablement!

–No havies d'haver dit que el vell Valero havia mort.

–Però per què?

–Perquè no!

–Doncs els gàngsters se'n van!

–Quèee?

–No era això el que volíeu? Que se n'anessin? Doncs se'n van!

–De veritat?

Era increïble.

Capítol quart

1 A LA TERRASSA

S'ho havien empassat com si fos saliva.

En Lluc va anar a trobar la Hanna, corrent i fent la ve de victòria amb totes dues mans, «se n'han anat, se n'han anat!». Les mans es convertiren en dos avions que voletejaven esvalotats per la terrassa: «*Rrruuuuaa-aah!*» Al nen, se li havien acabat els problemes. Eren una càrrega excessiva i, a la primera oportunitat, se n'havia deslliurat i saltava i ballava, alleugerit i lliure. «*Rrruuuuaaaah!*»

–Saps qui s'ha mort? –corria la veu–. El vell Valero!

La Margalida i en Jaume ho van comentar amb molta insistència perquè el dia abans, justament, n'havien estat parlant. «Ves quina casualitat!» La Cinta havia dut la notícia a l'Adrià: «Saps qui s'ha mort?», i l'Adrià la va transmetre als clients que havien coincidit a l'hotel amb el vell Valero, dos anys enrere. L'hotel era un negoci familiar, on la majoria dels hostes hi anaven cada any a les mateixes dates.

El vell Valero havia deixat un record inesborrable del seu pas per l'hotel. Era aquell que havia tingut un atac enmig de la terrassa, que es pensaven que es moria, «pobre home». I, pel que es veu, havia clavat un cop de bastó a un illenc que es deia Trongí, que jugava molt bé a la petanca.

–Bé, pobre home, tampoc em sorprèn. Ja repapiejava quan va venir fa dos anys. Quants anys devia tenir? Vuitanta?

La Margalida va comunicar la notícia als homínids, i aquests (que, sens dubte, s'estaven a l'hotel exclusivament per raons de feina) es van mirar, van moure el cap, van fer gestos de «vaja, doncs quina mala sort» i demanaren el compte. I, mitja hora més tard, ja carregaven tot l'equipatge a l'Opel Kadett vermell i desapareixien per sempre més carretera amunt.

La Hanna no s'ho podia creure. Les coses no podien sortir tan bé. Era com si hagués realitzat algun ritual màgic sense tenir fe en els seus poders i de sobte es trobés amb uns resultats tan desitjats i prodigiosos com inesperats, il·lògics i inacceptables. Com era possible que, amb una sola trucada, un adolescent que parlava un argentí de pa sucat amb oli hagués enredat dos (presumptes) agents de la CIA (o potser monstres diabòlics, el que fossin) i un hotel sencer?

Doncs va ser així.

Els altaveus ja retronaven amb una imitació que en Tolo i la minifaldillera feien de la versió d'Isaac Hayes i Dionne Warwick de *Feelings* (*nothing more than feelings...*) i ja hi havia gent ballant a la pista, i la Tilly i el pare de la Hanna prenien gintònics a la taula de l'altre cantó, al costat de la barana del mirador, quan la Hanna va captar aquell comentari que un dels clients de tota la vida feia a l'Adrià.

–Sé d'algú que la celebrarà amb xampany, la mort d'en Valero! Te'n recordes, Adrià?

L'Adrià anava deixant les consumicions damunt la taula, ocupada per sis persones. Dues cocacoles, un descafeïnat, un amb llet, una cervesa...

–Ja ho crec!

–Què se n'ha fet d'en Trongí?

–Ja no viu a Alcar. Se'l van endur a Olverola, a l'hospital, perquè va estar molt malament. Fa molt que no ve per aquí. Li he trucat per telèfon tan bon punt m'ho han dit. Però en Trongí no necessita que es mori ningú per obrir una ampolla del que sigui!

Ha, ha, ha, ha!

L'Adrià va córrer a atendre una altra taula. Era el dinamisme personificat, capaç de memoritzar comandes de fins a quinze consumicions distintes. Un dia havia dit a la Hanna: «Ser cambrer a Alemanya no té mèrit. Una taula de quinze persones: quinze cerveses. Aquí, en canvi, quinze persones significa: una cervesa, un xerès, un *capuccino*, una aigua mineral, unes herbes menorquines, un bíter amb, un bíter sense, un cacaolat, un cafè sol, un cubata de rom, una taronjada, una cocacola, un conyac, un gintònic i un cafè amb llet, descafeïnat, amb llet desnatada i sacarina.»

2 TRONGÍ

El client de tota la vida (d'uns cinquanta anys i cara d'estar de tornada de tot) explicava als amics el que havia passat, una nit de dos anys enrere:

–En Trongí és un personatge d'aquí. Diuen que descendeix d'una família molt rica, de xuetes de Palma, i va venir a aquesta punta de l'illa per fer vida bohèmia, de pintor, o d'escriptor, o d'artista de no sé què. Un *hippy* dels seixanta, ja sabeu. Va acabar de pescador al poble d'aquí el costat, Alcar. Ara, diuen que viu a Olverola. Llavors, venia molt per l'hotel, jugava molt bé a la petanca, allí, sota el ficus, en els campionats que organitzem cada any per després de la migdiada. Era molt amic del vell Algueró... (es referia a l'avi d'en Lluc, fundador de l'hotel, un home gran i corpulent que ara estava assegut al balancí, fumant una pipa, al costat del taulell per on el bar s'obria a la terrassa). El cas és que, un dia, el vell Valero estava assegut allí, dins el bar, llegint un diari, i en Trongí que se li asseu a la taula i parlen, com qui es diu un secret... I, de sobte, el vell aferra el bastó que sempre duia i, *pam!,* me li etziba una garrotada de ple al cap. *Pom!,* en Trongí que cau de la cadira i el vell que s'aixeca i se'n va. I en Trongí, el pobre, vés a saber el que li havia dit, anava molt begut, es va posar a cridar: «Assassí de viudes i orfes! Sicari de Videla! Nazi!»

Jorge Videla encara era llavors el president de la República Argentina, encara no havia estat condemnat a cadena perpètua pels crims i violacions dels drets humans que va cometre durant el seu mandat.

La Hanna, que escoltava atentament la narració, va tenir un sobresalt en sentir la paraula «nazi». Aquesta paraula té un significat molt diferent per a un alemany que per a la resta del món.

–...I el vell Valero que es tomba cap a ell i li deixa anar, així, molt digne: «No ofèn qui vol, sinó qui pot. Desgraciat...», li va dir. «Simi!»... No! Què li va dir? Com simi, però no, no era simi. Ni mico tampoc... Com qui diu un semihome, un mig home, un humanoide o alguna cosa així...

–Homínid? –va suggerir la Hanna.

–Això! Homínid! –El client de tota la vida va agrair amb un somriure tot fent l'ullet la intervenció de la noia.– «No ofèn qui vol, sinó qui pot. Desgraciat, homínid!», li va dir. I l'altre: «És un sicari de Videla! És un nazi, fill de Hitler!»

La Hanna va considerar que ja es podia permetre intervenir a la conversa aliena:

–I no van aclarir mai què havia passat?

El client de tota la vida se la va mirar i va considerar que era prou bonica i simpàtica per fer-li lloc en el cercle d'amics i respondre-li la pregunta:

–Mai. Ja t'ho pots imaginar. En Trongí no estava bé del cap, pobret. Massa alcohol, massa drogues, massa rock-and-roll. No sé si aquell va ser l'últim dia que el vaig veure. Se'm van acabar les vacances i em sembla que l'any passat ja no el vaig veure... –L'Adrià servia en una taula del costat: «Un benjamí, un whisky, un tallat curt de cafè, un te...»– Adrià! L'any passat, que va venir en Trongí per l'hotel?

–No. Em sembla que no. L'estiu passat va ser quan el van portar a l'hospital.

–Aleshores –va insistir la Hanna–, ningú sap què va passar entre en Trongí i el vell Valero?

–L'Adrià, potser. O el vell Algueró. O en Jaume, o la Margalida... Però no crec que t'ho expliquin.

–Per què no?

El client de tota la vida es va acostar a la taula, arronsà el cap entre les espatlles i mirà a un costat i a l'altre, assegurant-se que no el sentissin oïdes indiscretes. La Hanna es va haver d'asseure a la vora mateixa de la cadira per sentir-li les paraules. Confidencialment:

–Tema tabú aquí. Aquest hotel, pels anys setanta, fins al setanta-cinc, quan el van comprar els Algueró, es veu que va ser un balneari o una clínica mental, o alguna cosa per l'estil, però als de l'hotel, no sé per què, no els agrada comentar-ho. És una història misteriosa, fosca...

–Caram, que interessant! –va exclamar algú de la taula.

–Què vol dir xueta? –va preguntar la Hanna, quan li va semblar que ja no tornarien al tema del balneari misteriós. Va repetir, en veure que se la miraven amb curiositat:– Abans ha dit que en Trongí era xueta, o de la família xueta o alguna cosa així... Ho he entès bé?

–Sí, sí. Ho has entès perfectament. Els xuetes són els jueus de l'illa. Jueus perseguits des de l'inici de tots els temps, des d'abans que a Hitler li passés pel cap perseguir els jueus. S'hagueren de confinar al call de Palma, ja l'any 1229, quan en Jaume I va conquerir l'illa als moros. Després, el 1478, el tribunal de la Inquisició es va establir aquí i això va donar lloc a denúncies i persecucions implacables. Els tractaven molt malament. Perquè et facis una idea: a finals del segle XVIII, els soldats mallorquins es negaven a servir en els mateixos regiments que els soldats xuetes. Al segle XIX, el call fou saquejat, arrasat, com a mínim en dues ocasions. Em sembla que, a les famílies xuetes, les obligaven a conservar les esclavines dels parents condemnats o alguna cosa per l'estil; el cas és que, per culpa de no sé quines mesures humiliants, hi va haver catorze famílies, catorze cognoms definitivament marginats a l'illa, i un d'ells és precisament el de Tarongí, que ho he vist escrit amb ge i amb jota. Em sembla que el nostre Trongí és així, Trongí, sense la a, però estic gairebé segur que és descendent de la famosa família de xuetes.

–Gràcies –va dir la Hanna, i escampà un somriure una mica insípid al voltant, i s'aixecà, no gaire segura que fos correcte dir «gràcies» i tocar el dos de la taula sense més ni més.

Però és que volia sortir al pas de l'Adrià, en el moment precís que aquest es dirigia a la barra del bar.

–Adrià, disculpa'm una pregunta...

–Digues.

Però l'Adrià no va alentir la marxa. La Hanna l'hagué de seguir fins a la barra. Allà hi havia en Jaume, preparant les comandes que el cambrer reclamava a crits.

–On podria trobar en Trongí?

–En Trongí? Pobre Trongí... Si no s'ha mort, a Olverola, al casino de la plaça Gran... Una aigua amb gas, un porto, un cigaló, un sanfrancisco, un anís i una infusió de menta!

–I tu saps què va passar entre en Trongí i el vell Valero?

–Ara tinc molta feina, nena...

3 BALLANT EL ROCK

La Hanna potser li hauria fet més preguntes: «En podrem parlar quan no estiguis tan enfeinat?», però en aquell moment va veure que la Tilly s'aixecava de la taula i avançava tota decidida cap a un lloc molt concret de la pista. En Tolo i la minifaldillera cantaven:

¡Siadelita sefuera conotro
lasseguiría portierraypormaaar!

La Tilly parlava amb en Mànnix. Li oferia la mà. El treia a ballar. *I ballaven!* Això va esborrar qualsevol altre tema d'interès de la ment de la Hanna. Què volia dir allò? Què feien? Parlaven. Parlaven, més atents al diàleg que a la música. I miraven cap on era la Hanna. Parlaven d'ella! Un moment, un moment... Què devien dir? Què es devien dir?

¡Sipormar enunbú quedeguerra
siportié raenuntrén militar!

No ho pogué evitar. Quan la Tilly es va separar d'en Mànnix i es reuní amb el senyor Kroll, i el noi tornà cap a la taula dels joves, la Hanna va anar com una bala a buscar-lo. Li va barrar el pas abans que el noi tingués temps d'asseure's. I dirigí una contundent ullada cap on era la Tilly. «Doncs sí, senyora! Ara li preguntaré què dimonis heu estat xafardejant!»

–Balles, Mànnix?

En Mànnix va girar el cap i la mirà de reüll. «En què quedem? No deies que no volies ballar amb mi? I si ara et fumo un moc?» I la noia, amb els ulls, amb els llavis estrets: «No se t'acudeixi!»

En Tolo i la minifaldillera van atacar amb un rock. «*Badum badum-badum-badum...*» «Oh, no, un rock! Ballant el rock és impossible parlar!»

–Espera, Mànnix!

Massa tard.

Aesá chiquiyayoví
cómosemé son rió...

En Mànnix es va apartar de la noia per lluir-se com a ballador. Filigranes de peus i voltes i més voltes...

...y luego, alasercarme,
yonosé quepasó

Eeee salgomurraro
quemeha sestremeser,
¡esam or! ¡Uh!

Sabia conduir-la, dominava els seus intents d'aproximació i somreia, insolent, com dient: «Ara has vingut al meu terreny, i aquí mano jo.»

Quevó yasser,
mh-mh-mh,
mh-mh,
yee-ye
¡yé!

La Hanna pensava que mai no hi ha hagut cap ball més masclista que el rock, però seguia els passos de l'altre amb energia i aplom, per salvaguardar l'amor propi, perquè ningú no pogués creure's que era una pàmfila que no sabia ni ballar el rock. També pensava: «Ara veuràs qui sóc jo.»

¡Nooo mep reguntes
quémepue depassaar,
sientotán tascosas
que nopue doesplicar:
elcorassón mesessadelatir
¡ym meparesse quemmevoyamorir!

Després d'un cert estira-i-arronsa, en Mànnix li va concedir audiència. S'hi va acostar, l'abraçà per la cintura i li acostà la boca a l'orella, sense perdre el ritme. La Hanna tremolava d'ira. Estava convençuda que la Tilly i el seu pare estaven comentant: «Mira la nena... Balla bé, i fa bona parella amb aquell noi...»

Quevó yasser,
mh-mh-mh,
mh-mh,
yee-ye
¡yé!

–De què has parlat amb la Tilly?
–M'ha dit que no et dius Hanna!
–Sí que em dic Hanna!
–Et dius Hannelore!
–Em dic Hanna!
–Doncs a mi m'agrada més Hannelore. Sembla molt més romàntic. Sembla d'heroïna de llegenda. De mitologia nòrdica. Sigfrid i Hannelore.
–Les dones de Sigfrid es deien Brunhild i Kriemhild, però és igual, digue'm com vulguis. Què t'ha dit la Tilly?
–Està molt preocupada per tu, saps?
–Què li has dit?
–Res de particular.
–Li has dit que vas trucar per donar la notícia de la mort d'en Valero?
–Que era un secret?
Ai!
I en Mànnix torna a distanciar-se de la Hanna i la fa girar, ara cap a la dreta ara cap a l'esquerra, i ella l'afusella amb la mirada: «Mànnix, et mataré!»

Cuandotó cosumano
mestremés coassí,
ysientoque susbessos
noppodr yarressistir
essalgo tanraro

quemeha sesstremeser
¡esam or!

I es van acostar una altra vegada.

–Què li has dit?

–No li ho he dit!

–Què li has dit?

–Va trobar un escurçó a la teva habitació! Està molt preocupada. Creu que la separació dels teus pares t'ha afectat seriosament el cervell, i li fa por que no t'hagis convertit en una delinqüent juvenil o alguna cosa per l'estil... Va veure com ens en anàvem junts a Alcar i volia saber què em vas explicar...

–I què li has dit?

–Que volies fer fora de l'hotel els gàngsters!

–Oh, no!

–Però no li he dit res de la trucada!

–Que et penses que és burra? Ara, ja sabrà que el vell Valero no s'ha mort!

Quevó yasser,
mh-mh-mh,
mh-mh,
yee-ye
¡yé!

–Li has dit per què els volia fer fora?

–És clar que no! Si no ho sé ni jo!

–No li has dit allò de l'atracament?

–És clar que no! Allò és un conte! Però no ha fet falta. Li dic: «No sé per què devia voler que se n'anessin», i ella diu: «Jo sí que ho sé.»

–Ha dit «jo sí que ho sé»?

–Sí!

–I què volia dir amb això?
–I jo què sé!
–Hem d'impedir que parli amb els americans!
–Però si se n'han anat...
–Que no els digui que el vell Valero està viu!
–Que et dic que els americans se n'han anat!
–És veritat.
–Balles molt bé, saps, Hannelore?
–Tu tampoc ho fas malament.
–Em deixes convidar-te a prendre alguna cosa i m'expliques...?
–No.
–...tot aquest misteri que dueu entre mans?
–No.
–Tens mal de cap, Hannelore? Estàs cansada, Hannelore?
–Sí. I, a més a més, em dic Hanna. I, a més, la Tilly voldrà ballar amb tu, ara. Et voldrà preguntar de què hem parlat.

...mhmhmh,
mhmh,
yee-ye
¡quevó yasser!

La Hanna va buscar en Lluc amb la mirada. L'havia vist ballar amb en Mànnix? Estava gelós? Per a decepció seva, va resultar que en Lluc i uns quants nens jugaven a ruixar-se amb el raig de la font, degudament dirigit tapant l'aixeta amb la mà. Xisclava i corria i s'havia oblidat completament dels guerrers immortals. De sobte, la Hanna es va sentir al damunt la càrrega d'una responsabilitat tan feixuga com aliena.

Capítol cinquè

1 CAMISA BLAVA

L'endemà, dilluns, després d'haver-hi pensat tota la nit donant voltes pel llit enredant-se amb els llençols, la Hanna va comunicar al pare que se n'anava a Olverola.

–I què hi vols anar a fer? –va protestar el pare, que cada dia es mostrava més irritable–. Ahir hi vam anar amb la Tilly i no ens vas voler acompanyar, i avui...

–Deixa-la, Ernst –va intervenir la Tilly, com si pogués llegir els pensaments de la noia, fins i tot els que estaven escrits amb lletra molt petita–. Jo l'entenc. M'agradaria parlar amb tu en privat, Hannelore.

L'Ernst Kroll va girar els ulls en blanc.

–Quan torni d'Olverola, d'acord?

–Vindràs a dinar, com a mínim, m'imagino, oi?

A la dreta del taulell de recepció, al costat del menú del dia, hi havia clavat amb xinxetes l'horari d'autobusos que anaven d'Alcar a Olverola. A les onze, en passava un.

–No crec que pugui ser aquí abans de la una, pare. Procuraré venir a dinar a l'hora espanyola. A les tres o a les quatre.

–A les tres o a les quatre, aquí no et serviran res.

–És veritat. Bé, doncs quina llàstima, sí que ho sento. Ja ens veurem a l'hora de sopar.

–Hannelore!

Per viatjar, la Hanna utilitzava com a escut protector, a més a més del llibre (que l'aïllava de mirades, gestos i rialletes), un walkman que la tornava sorda davant de qualsevol intent d'iniciar converses. Així s'estalviava els coneguts tòpics «Com és possible que una alemanya parli tan bé el castellà?» i «Com és possible que una noia tan morena sigui alemanya?». La primera línia del primer capítol deia: «En entrar al forat, Ulls Rojos va cridar Pell d'Escates.» Ah, sí, ja ho havia llegit. Però la segona línia deia: «I fixeu-vos en el que la petita Ulls Rojos li va dir», i d'allò ja no se'n recordava gens ni mica. Com era possible que, després d'una setmana de vacances, només hagués pogut llegir la primera línia del primer capítol? Bé, doncs ja havia llegit la segona línia i no estava malament. Aquell dia, a través del walkman, li monopolitzava l'atenció Joan Manuel Serrat, el cantautor que l'havia ajudat a perfeccionar l'espanyol, li havia ensenyat alguns rudiments de català i l'havia ajudat a enamorar-se d'Antonio Machado.

Vosotras, las familiares,
inevitables, golosas,
vosotras, moscas vulgares,
me evocáis todas las cosas...

L'autobús la va deixar a la plaça Gran, entre l'església excessiva i de mal gust (orgull del poble) i un ajuntament modest i arraconat, joieta ignorada i despreciada de l'arquitectura local. A l'altre costat de la plaça, més enllà dels arbres, dels bancs i dels ancians que respiraven l'aire fresc a ple pulmó, hi havia el bar Casino, ple d'uns altres ancians, més viciats, que jugaven a cartes i bevien conyac i fumaven caliquenyos d'amagat dels fills i dels metges de capçalera. A la Hanna li hauria agradat buscar en Trongí entre la parròquia d'aquell establiment tan antic i acollidor, però no gosà entrar-hi. Es va dir que no sabia com era en Trongí. No hauria sabut com identificar-lo.

Algú li va indicar que la redacció del *Soleil-Sun* era molt a prop de la plaça. «En realitat», li van aclarir, «tot està molt a prop de la plaça: aquest poble és molt petit. Vagi per aquest carrer estret i, llavors, pel primer a mà dreta...»

En el primer carrer que trencava a la dreta hi havia quatre joves enganxant cartells i fent pintades, amb esprai, a la paret. La Hanna s'hagué d'obligar a continuar caminant com si res. «Per què hauria de fer mitja volta? El carrer no és seu!» Però el cor li començà a bategar intermitentment al pit, *bom, bom, bom;* cada batec li tallava l'alè. I precisament en aquest moment Joan Manuel Serrat cantava els versos de Machado, tan oportuns: *«Ya hay un español que quiere vivir y a vivir empieza, entre una España que muere y otra España que bosteza...»* Un dels joves portava camisa blava, arromangada fins a mig bíceps i amb un distintiu vermell (un feix de fletxes) sobre la butxaca del pit. La Hanna sabia que la camisa blava, a Espanya, era l'uniforme dels falangistes, nostàlgics de la dictadura de Franco. També sabia que els socialistes acabaven de guanyar les eleccions generals a Espanya i que els nostàlgics del dictador Franco es resistien a acceptar les regles del joc democràtic. El de la camisa blava vigilava. Es va limitar a mirar-la a través d'unes ulleres negres, impenetrables. Els seus llavis formaven una línia finíssima i cruel, la mirada s'intuïa intensa, letal com un dard enverinat.

«Españolito que vienes al mundo te guarde Dios...», cantaven Serrat i Machado.

Les pintades amb esprai deien: PSOE = JUDÍOS OS VOLVEREMOS A ECHAR DE ESPAÑA i CAUDILLO FRANCO ¡PRESENTE! TE VENGAREMOS. En aquell moment, pintava una esvàstica. Els cartells que enganxaven els altres dos xicots anunciaven (la Hanna ho va veure de reüll, sense aturar-se) una conferència titulada «La mentida de l'Holocaust». En el paràgraf explicatiu, amb lletra més petita, s'hi distingien les dues esses, com línies trencades, com llamps, que distingien les mítiques *Schutzstaffeln*, cos de policia primer i cos militar després, al servei de la causa de Hitler. Durant la Segona Guerra Mundial, van ser responsables de milions d'assassinats a sang freda. Les SS van entrar, a la primavera de 1943, al gueto de Varsòvia i assassinaren a seixanta mil jueus com qui va de cacera. Les SS tenien a càrrec seu els famosos camps de concentració on foren anihilats milions d'éssers humans. La conferència anunciada en els cartells volia convèncer el públic que tant d'horror no havia existit mai. «L'Holocaust és mentida.» Probablement, algú pensava que, si el món creia que aquella atrocitat era impossible, algun dia hi hauria la possibilitat de repetir-la. *Bom, bom, bom...* A Alemanya es castiga seriosament l'exhibició de l'esvàstica, la negació de l'Holocaust i l'apologia de política nazi.

Españolito que vienes
al mundo te guarde Dios,
una de las dos Españas
ha de helarte el corazón.

La Hanna s'hauria estimat més trobar uns brètols d'aquells que diuen marranades a les dones. Com a mínim, haurien semblat humans. La fredor escruixidora dels quatre joves irradiava una hostilitat dement, un odi cec, una agressivitat insuportable, gairebé dolorosa. Eren fanàtics, capaços de qualsevol barbaritat.

Quan els hagué deixat enrere, li va venir un mal de cap terrible. Es va relaxar i descobrí que li feien mal els braços i les cames, de tan engarrotats com els havia tingut mentre passava per davant dels joves.

Una mica més enllà, va trobar la redacció del *Soleil-Sun* i pensà: «Salvada!»

2 *SOLEIL-SUN*

Una casa anònima, de façana enlletgida per regalims foscos i esquerdes d'anys i panys. Una porta de vidre enrivetada de fusteria d'alumini mal encaixada i un porter automàtic molt atrotinat. El quart segona no tenia cap distintiu.

–Qui hi ha?

–És la redacció del *Soleil-Sun*? –va preguntar la Hanna, exagerant l'accent alemany–. Sóc estudiant de periodisme, a Alemanya, i preparo un reportatge sobre Olverola i voldria consultar exemplars de la seva publicació.

Van obrir sense més comentaris. *Meeec.*

Va pujar a un ascensor estret on, a les parets, generacions de gamberros havien gravat amb puntes de navalles noms, cors, números, obscenitats i esvàstiques.

Va sortir a un replà on ja l'esperava la porta oberta d'un pis d'aspecte vulgar. No tenia res a veure amb les redaccions de publicacions que la Hanna havia visitat.

En el llindar, l'esperava un home de grenyes esvalotades i grises, panxut i malgirbat, amb ulls de gos bastonejat, els faldons de la camisa sortits d'uns vaquers vells i gastats per l'ús, i plantofes destrossades.

–Què dius que vols?

–Vull consultar exemplars antics del *Soleil-Sun*. Aquí és la redacció, oi?

Tornà a dir que era una estudiant alemanya de periodisme i que escrivia un reportatge sobre Olverola. Semblava que a l'home no li feia cap gràcia. Però també feia l'efecte que no hi havia res al món, ni en el seu passat ni en el seu futur, que li fes la més petita gràcia.

–Passa.

El rebedor estava decorat amb una raconera avorrida, un llum espantós, un mirall esquerdat, una figureta de porcellana descoratjadora i un quadre que representava un pastoret abominable acompanyat d'una ovelleta vomitiva. El passadís estava cobert amb un empaperat increïble, amb flors daurades i blanques sobre fons granat, tan atrevit que a la noia fins i tot se li va acudir que podia ser perfumat. L'home li va donar l'esquena per obrir camí cap a l'interior de la casa.

–Què és el que vols exactament?

Arribaven a una porta oberta a la dreta, quan va respondre:

–Hi ha un hotel, prop d'Alcar, que es diu Marblau... –L'home va fer una gambada ràpida i tancà la porta amb una estrebada forta però sense cop, com si volgués ocultar el que hi havia dins d'aquella estança.– M'han dit que va ser balneari, o sanatori...

L'home es va tombar cap a la noia, que va estar a punt de xocar contra la seva còrpora.

–És que, ara, tinc molta feina... –va objectar, impacient. Però, llavors, per què l'havia fet passar fins allà?

–Només vull consultar els exemplars de l'època que van tancar el sanatori i van obrir l'hotel. Diuen que va ser cap al setant-cinc... –L'home no sabia com negar-li el que demanava.– No el molestaré. Puc consultar els periòdics a qualsevol racó.

No s'hi podia negar.

–D'acord. Espera't aquí.

Va obrir la porta i s'introduí cap a un interior que la Hanna només va veure fugaçment. Una invasió de papers groguencs, paquets de diaris vells que s'apilaven a terra, i parets cobertes d'estanteries plenes de llibres arrugats, retorçats, rellegits i coberts de pols. Es tancà la porta i es tornà a obrir, i amb el vaivé del batent sortí al passadís una olor embriagadora de paper ranci, i va reaparèixer l'home amb un volum enquadernat de color blau.

Va ser llavors quan, en un vist i no vist, la Hanna va descobrir dins el despatx, entre el paperam apilat damunt l'escriptori, la presència fantasmal d'un home absent. Un vell de cara bruta, mal afaitada, d'ulls tèrbols i actitud autista. Es tornà a tancar la porta i el senyor *Soleil-Sun* va precedir la Hanna pel passadís fins a un menjador amb santa cena, vitrina plena a vessar de records d'Andorra i de Sevilla, televisor antic, butaques vençudes i fotos de fills adolescents i ferotges. D'una porta arribaven sorolls de plats i olles i olors de cuina. La Hanna va sospitar que la redacció del *Soleil-Sun* es resumia al despatx atapeït de paper vell. I va pensar que era l'únic racó viu de tota la casa.

–Va ser cap a finals del setanta-cinc, si no m'equivoco. Avisa'm quan hagis acabat.

La Hanna va deixar el patracol damunt la taula del menjador i s'assegué a mirar-se'l. L'home es va ficar a la cuina i dirigí unes paraules a la persona que s'hi escarrassava: «Hi ha una noia, aquí, que...» Després, va anar arrossegant les plantofes fins a la redacció.

La noia va obrir el volum; però, abans que es pogués concentrar en la lectura, es va veure sobresaltada per uns crits, a l'altre punta del passadís.

–M'ho deus! Em vas difamar! Ara ho has de publicar! Però si és una notícia bomba! Per què t'hi negues? Quins interessos defenses?

La Hanna va alçar la vista dels periòdics vells.

–Et penses que el meu periòdic és l'*Interviú*, tarat, que ets un tarat? –responia l'home que havia rebut la noia–. Fora d'aquí!

–Jo seré un tarat, però tu ets un nazi que defensa interessos obscurs!

–No t'ho consento! D'esquerres de tota la vida!

–Digue-ho al teu fill...!

–Que el meu fill sigui el que sigui, això no vol dir res!

–I que no ho vulguis publicar, què vol dir? Eh?

–Que no vull merders, vol dir!

–Que et fa por que el teu fill t'obri el cap!

–Fora d'aquí!

–Un venut, això és el que ets! Un nazi i un assassí d'orfes i viudes, això és el que ets!

«Un assassí d'orfes i viudes?» La Hanna es va trobar mirant fixament una fotografia que hi havia damunt el televisor. Un jove vestit de blanc etzibava un cop de peu a l'aire, molt per damunt del seu cap; semblava un campionat d'arts marcials.

–Surt d'aquí o et faig fora a puntades de peu!

La Hanna tenia ganes de treure el cap al passadís, però no s'atrevia. Ara, el suplicador abaixava la veu:

–Narcís, Narcís... T'ho demano per favor, és la notícia de la teva vida. I tinc proves, té, mira aquesta foto! Tot el que dic, ho puc provar!

–Vés a un diari de Ciutat! A un diari de Ciutat, o a un de Barcelona, però a mi deixa'm estar!

I, *blam!*, cop de porta definitiu.

Molt nerviosa, la Hanna va tornar a mirar-se els periòdics, temorosa que l'home la sorprengués escoltant. Va estar uns moments passant pàgines sense recordar què era el que hi buscava.

3 NOTÍCIES

Evidentment, la principal i gairebé única raó de ser del *Soleil-Sun* (periòdic d'anuncis) era la publicitat. La Hanna es va imaginar que era obra d'aquell home (probablement el Narcís Batalló dels crèdits) que un dia s'havia llançat a recórrer Olverola i rodalies venent promoció barata a les discoteques, als restaurants, als bars, a les botigues d'esports nàutics, i als promotors de *capeas*, sortides de pesca, festivals de *cante jondo*, degustacions de sangria i altres atraccions turístiques. Això era el que omplia de forma aclaparadora la publicació. L'editorial, els articles, les notícies locals i les entrevistes (que es veien ofegats per la quantitat ingent de petits requadres publicitaris dels que pagaven), participaven d'un mateix estil que delatava una sola autoria. Segurament, la del tal Narcís Batalló que era, alhora, fundador, president, gerent, redactor en cap, dissenyador, secretària i pixatinters de l'empresa.

Mentre passava pàgines distretament, la Hanna es va formar la idea d'un periodista fracassat que, expulsat dels principals diaris de l'illa, havia optat per realitzar la seva pròpia publicació. Així havia anat tirant any rere any. Visitant clients, compaginant anuncis i mecanografiant la notícia de la inauguració d'un tram de carretera comarcal, la representació d'una obra de teatre al bar Casino de la plaça Gran, l'entrevista a un famós enginyer de ponts i camins que estiuejava prop d'Olverola, i fent vagues especulacions sobre fenòmens paranormals en un article d'opinió sense opinió, qualsevol cosa que pogués donar cos i sentit a la pila de folis que després portaria personalment a la impremta.

Hi havia poques fotos, i per això la mirada de la Hanna va quedar fixada en aquella notícia il·lustrada. El cas d'una nena perduda i trobada al bosc. La foto corresponia a un home de galtes xuclades i ulls grossos, de mirada buida. Estava dret entre les taules d'una terrassa del port, i tenia una mà a la boca, com si s'estigués eixugant els llavis, i l'altra aguantant un got.

Llavors la Hanna va estar segura que l'home que havia vist dins el despatx d'en Narcís Batalló era en Trongí. Això explicava la protesta: «M'ho deus! Em vas difamar!»

La noia de setze anys Aina Galdós havia desaparegut del seu domicili el 9 de juny de 1975 i l'Antoni Trongí Buades, de 37 anys, natural de Palma, havia estat detingut com a sospitós d'haver participat d'alguna manera en aquella desaparició, i en Batalló n'havia difós la notícia. Però el 13 de juny l'Aina Galdós havia aparegut i havia dit a la policia que en Trongí era innocent. I anys més tard, en Trongí continuava clamant justícia: «M'ho deus! Em vas difamar!» L'Aina Galdós va declarar que estava embarassada i que havia fugit perquè tenia por del càstig dels pares. La noia, no obstant això, havia perdut la criatura i estava molt malalta. Va ser hospitalitzada a Palma. En el número següent del *So-*

leil-Sun, corresponent al mes d'agost, hi havia l'esquela: «Preguem per l'ànima de l'Aina Galdós, que morí a la tendra edat de setze anys, confortada amb els Sants Sagraments...»

La Hanna es va estar una estona pensativa, amb els ulls clavats en aquelles pàgines, impressionada per la història i preguntant-se quina relació devia tenir amb el que la preocupava. Finalment, desitjosa de sortir d'allà com més aviat millor, va buscar el número del mes de setembre, per veure si parlava de l'hotel Marblau d'Alcar.

La notícia era en el número d'octubre.

Clausura de la prestigiosa clínica del doctor Helmut Rheinwaldt, que es traslladava a la capital d'Espanya després de trenta anys de meritòria labor assistencial i investigadora. El «mític» (sic) doctor Rheinwaldt havia venut l'edifici i els terrenys de la clínica a un particular, molt conegut a Olverola, que es deia Heriberto Gesíñez. Caram, Gesíñez era un mot pràcticament impronunciable per a una alemanya. Va fer un parell d'intents i, finalment, l'anotà en un quadern petit que duia al damunt. Estava una mica sorpresa. Es pensava que els terrenys de l'hotel Marblau els havien adquirit els avis d'en Lluc el mateix any 75 i, per tant, que havien tancat el tracte amb l'amo de la clínica. Però no, no. A la resta de números d'aquell any, no es parlava de l'obertura de l'hotel Marblau.

A continuació hi havia una petita entrevista al popular Heriberto Gesíñez, «una de les poques persones que poden comptar entre les seves amistats el doctor Rheinwaldt, tan gelós de la seva vida privada». Pel que es veu, el doctor alemany s'havia decidit a aparèixer davant del gran públic, a la capital d'Espanya, després de tants anys de treballar en l'anonimat. El famós alienista i dietista, director del balneari de Son Olivera, havia arribat a l'illa als anys seixanta i aleshores treballà com a metge de poble. Va comprar els terrenys de Son Olivera el 1965 i, des de llavors fins a 1975, el va dirigir fins a convertir l'empresa en un balneari de «fama mundial» (sic). Finalment, se'l venia i els més de cinquanta milions de pessetes que l'Heriberto Gesíñez havia pagat pels terrenys d'Alcar havien permès al científic adquirir una torre gran al barri de Salamanca de Madrid per continuar les investigacions mèdiques...

En el despatx, en Narcís Batalló havia despenjat l'auricular del telèfon, i marcava un número que repicava en un aparell d'allà a la vora. Va ser això el que va induir la Hanna a tancar el patracol, i aixecar-se, empesa per una curiositat irrefrenable.

–Escolti... –va dir, amb veu inaudible. Es va escurar la gola i repetí, una mica més alt–: Escolti. –No volia que la sentís la persona de la cuina.

S'aventurà a sortir al passadís, sense fer soroll.

–Benito? –deia el creador del *Soleil-Sun*, en castellà però amb un terrible accent mallorquí–. Benito, sóc en Batalló. Escolta: saps qui s'ha mort? Saps aquell argentí que et vaig enviar? Aquell home gran, que volia fer testament o no sé què?

La Hanna havia arribat al costat de la porta del despatx. No podia veure l'home malgirbat, i ell tampoc no la podia veure.

–...Doncs s'ha mort, pobre home. Bé, ja era molt gran, oi? Escolta, que ha vingut en Trongí i m'ho ha dit. Sí, que m'ha vingut amb una història... Sí, històries d'en Trongí, però és que m'ha dit...

Què li havia dit, sisplau?

En aquell moment, es va obrir la porta del carrer, i la Hanna tingué un primer sobresalt de força deu, i a continuació va veure qui entrava i va tenir un sobresalt de força cent. Era el jove de la camisa blava i de les ulleres negres hermètiques. El campió d'arts marcials. I tenia la clau de la casa. Era de la casa. «Que el meu fill sigui el que sigui, no vol dir res!», havia protestat en Batalló. «Et fa por que el teu fill t'obri el cap!», havia dit en Trongí.

Amb moviment instintiu i convuls, la Hanna li va mostrar el tom que tenia a les mans:

–Eh, que l'he de tornar però el senyor Batalló em sembla que parla per telèfon...

–Pare! –va dir el jove (sens dubte el jove ferotge i karateka de les fotos del menjador), torçant la boca–. Aquí hi ha una mossa que vol no sé què!

La Hanna va enganxar el nas a la paret perquè el nouvingut pogués passar sense ni tan sols fregar-la.

–Passi, passi! –va dir en Narcís Batalló des de l'interior del despatx.

En Narcís Batalló ja no tenia en Trongí per ocultar. La Hanna va entrar mostrant el volum. L'home malgirbat somreia, pendent de la conversa telefònica, i li va indicar amb signes que el deixés damunt l'escriptori, al costat d'una vella màquina d'escriure Olivetti.

–Però els notaris també teniu secret professional? –deia en aquell moment.

Alterada per la presència del camisa blava, la Hanna desitjava tocar el dos com més aviat millor. «Adéu», va fer amb la mà i un rictus. «Adéu, adéu», se la va treure de sobre el periodista.

–Apa, home...! –continuava suplicant quan la noia tancava la porta i sortia.

La Hanna se'n va anar sense saber quina era la notícia bomba d'en Trongí.

4 CONFIDÈNCIES

La Hanna va sortir decidida a buscar en Trongí, al bar Casino. Pel camí, només s'entretingué a llegir el cartell que els joves ferotges havien enganxat a les parets. «La mentida de l'Holocaust. Conferència basada en les memòries de l'*Sturmbannführer* de les SS Hans-Ludwig Grimpel, testimoni presencial dels fets.»

Amb un calfred molt desagradable a l'esquena, va fugir d'aquell carrer i sortí a la plaça Gran on semblava que l'atmosfera era més neta i oxigenada. I ja es dirigia al bar Casino, quan va distingir a la terrassa dos personatges inesperats. Es deien Eli Voss i Jan Vartok, eren nord-americans, un d'ells de Chicago, i en Lluc els anomenava els «homínids». La Hanna es va aturar en sec. Parlaven amb aquell home brut i mal afaitat, d'expressió eixelebrada, que havia vist al despatx d'en Narcís Batalló, tant en persona com en foto, i que responia al nom de Trongí.

Va notar que se li tallava la respiració.

«Què faig, què faig? Que no em vegin, que no em vegin!»

Es va desplaçar fins als plàtans del centre de la plaça. S'amagà rere d'un i, quan va treure el cap per veure què feia el trio, el veié molt a prop, avançant cap a ella, com si l'haguessin descobert i reconegut i anessin al seu encontre. Passaren tot just a tres metres, absorts en una animada conversa. En Trongí els entregava una carpeta vella de gomes i s'entestava que l'obrissin i comprovessin el contingut. Sens dubte, la carpeta contenia les proves que havia ofert al director del *Soleil-Sun*.

«Escolta, que ha estat aquí en Trongí i m'ha vingut amb una història...» Els altres dos li deien que no, que ja ho mirarien després, que seria millor que anessin a una altra banda.

La Hanna havia decidit seguir-los, però els va concedir una mica d'avantatge: no hi volia anar massa enganxada. L'agafà de sorpresa veure que, de sobte, els tres començaven a córrer. De la plaça Gran arrencava una rambla que acabava convertint-se en la carretera que portava fins al port, que distava uns cinc quilòmetres. A l'inici de la rambla hi havia la parada d'un tramvia vell, quadrat, descobert i sotragador, la «jardinera». Abans que la Hanna pogués reaccionar, els tres homes havien arribat fins al mitjà de transport anacrònic i hi pujaven. Va veure com pagaven al conductor i desistí d'anar-los al darrere. No hauria passat desapercebuda a bord de la «jardinera» i no era qüestió d'empaitar-los a la carrera o de llogar un taxi. El tramvia va anunciar la partença amb un ning-ning, es posà en moviment i s'allunyà, lent i sorollós, rambla avall.

Una mica frustrada, la Hanna va fer mitja volta i es dirigí a la parada de l'autobús que l'havia de tornar a la seguretat de l'hotel Marblau d'Alcar. Va ser un trajecte de tornada sense llibre ni walkman que li fessin d'escut del món exterior. Tot un viatge ple de conjectures i sospites i por que va finalitzar bruscament quan la Tilly l'envestí a la terrassa, mentre es menjava un entrepà de qualsevol cosa.

–Hola, Hannelore. Crec que ha arribat el moment de parlar.

–Què? Oh, ah, Tilly...! –Volia dir-li: «Ara no estic per les teves ximpleries», però no podia, és clar. Els seus ulls buscaren auxili al voltant. Era el moment perquè aparegués en Lluc amb la seva faceta més infantil i impertinent i fes impossible qualsevol xerrada seriosa.

Però en Lluc semblava que l'havia abandonat definitivament.

La Tilly es va asseure a taula, amb la màscara de confidències transcendentals. Havia demanat a la barra un got que contenia alguna cosa semblant a cocacola amb gel (potser un *cubalibre*) i ara hi jugava, i el mirava com si fos una bola màgica.

–Hannelore...

–No aprendràs mai a dir-me Hanna?

–No desviïs la conversa. –Al gra, sense embuts, atac frontal:– Ja t'he dit que entenc com et sents, i vull estar al teu costat, i estic disposada a fer servir amb tu tota la paciència que sigui necessària...

La Hanna no pogué dir la seva en tota l'estona, però procurà mantenir la seva millor cara de res i va portar el propi diàleg particular per dins. Hauria dit, si hagués pogut: «Però...?»

–...Però estic una mica espantada pel teu comportament, i t'ho he de dir. –«Digue-ho digue-ho.»– Guardes serps vives a l'habitació –«Oh, vaja, això!»–, escampes mentides espantoses per fer fora uns senyors de l'hotel... –«En Mànnix és un bocamoll.»– El teu pare i jo estem espantats. Crec que el teu trastorn –«El meu què?»–, el teu trauma –«El meu què?»–, t'empeny a un comportament més que discutible. Moltes noies, en passar per una depressió com la teva, cauen en les drogues i en l'alcohol. –«Sisplau...!»–. Me'n sento culpable i per això et vull ajudar. –«T'hauries de sentir culpable de dir tantes ximpleries.»– Sí, sí, no diguis que no: sé que en tinc una mica la culpa. –«No pensava dir que no.»– Et va molestar que l'altre dia ballés amb el senyor Voss, oi? –«Ah, caram! Era això?»– Sí, sí, no ho neguis: sé que et va molestar. No sé quines fantasies et deus haver fet, pobreta meva. –«Quines t'imagines tu?»– Suposo que penses: «Aquesta mala pècora, primer porta el desastre a la família i, després, enganya el pare i se'n va amb el primer que passa.» –«Això no ho dic pas jo: ho estàs dient tu!»– Bé, doncs vull que sàpigues que no hi ha res de tot això. –«Ah, no? Doncs no està mal presentat.»– T'he de dir que el teu pare està perfectament al corrent del que vaig fer aquella nit –«Del que vaig fer aquella nit»? Sonava una mica sospitós–, i que no hi té res a objectar. No hi ha cap mal en el fet de ballar, saps? –«Qui s'excusa s'acusa, Tilly Hünenberger.»– Potser dónes massa importància a una cosa que no va tenir cap importància en absolut. –«No cal ni dir-ho, tu sí que hi dónes importància.»– No sé com et puc convèncer que les coses són com et dic –«De moment, m'estàs convencent del contrari»–, però vull que entenguis que vas cometre un error molt gran en fer que els senyors Voss i Vartok se n'anessin. –«Ai.»– No hi havia res entre nosaltres, i amb la teva decisió inconscient has perjudicat seriosament un pobre home, no sé si ho saps. –«Quin pobre home?»– No sé si saps que el senyor Valero ha heretat una gran fortuna, i els senyors Vartok i Voss eren aquí per comunicar-li-ho. –«Això és el que et van explicar?»– I ara el pobre home arribarà i ningú no li dirà que és immensament ric... –«I tu t'ho vas creure?»– Entens el que et dic, Hannelore? –«Que em dónes l'oportunitat de dir alguna cosa?»– Digues, Hannelore: Entens el que et dic?

«De veritat t'interessa el que jo et pugui dir? Bé, doncs, compte, tu ho has volgut.»

–Sí, Tilly. Ho entenc.

La Tilly es va alçar de la cadira.

–Et vull demanar una cosa, Hannelore. –«Ai.»– Posa'm a prova. Demana'm el que vulguis, quan vulguis. –«M'ajudaràs a buscar la serp que se'm va escapar?»–

Només et vull convèncer que sóc amiga teva, que sóc de fiar i que sempre podràs comptar amb mi. Posa'm a prova. –«Ara? Doncs no se m'acut res.»– Pensa-hi.

–Hi pensaré, Tilly.

–I espero que te'n penedeixis...

–Me'n penediré, Tilly.

–...I que puguis reparar la falta que vas cometre.

–Faré el possible per reparar-la, Tilly.

La Tilly no se'n va anar contenta. Més tard, comentaria que havia sentit com si el seu raonament xoqués contra un mur impenetrable. La Hanna es va quedar una mica més deprimida que abans. «És a dir», es digué, «que aquesta s'ha enamorat del gàngster moreno... Pobre pare. Li ho hauré d'advertir abans que s'endugui un altre disgust.»

5 INTERROGATORI

Aquella nit, després de sopar, sempre buscant racons foscos per mantenir-se lluny de l'abast de la Tilly i d'en Mànnix, la Hanna s'atreví a acostar-se a la barra exterior del bar. Al costat, el vell Algueró fumava la seva eterna pipa, pensatiu, mentre contemplava amb satisfacció com s'ho passaven de bé els clients del seu hotel.

La Hanna el va envestir com fan els tímids i els adolescents inexperts en relacions socials: per sorpresa, sense més preparació que una fórmula breu que li serví de trampolí:

–Bona nit, senyor Algueró, perdoni però... –Ho havia estat preparant des de feia molta estona. Es va ajupir al costat del balancí i mostrà al vell fundador de l'hotel el bloc de notes.– Em podria dir com es pronuncia aquest nom? És que sóc alemanya i em costa molt...

El vell tenia la mirada jove i trapella. Primer, li va donar un cop d'ull que significava: «Per què m'ho véns a preguntar?», després es va fixar en les cuixes que el vestit curt i la postura deixaven al descobert, i finalment es dedicà al paper. Bé, quin mal hi havia a parlar una estona amb una noia tan maca? Arrufà el nas i va forçar unes ganyotes amb la boca. Fins i tot a ell li resultava difícil pronunciar aquell nom.

–Gesíñez. –Va fer un bot de sorpresa.– Òndia, d'on has tret aquest nom? –És a dir, que coneixia en Gesíñez.

–El vaig trobar –es va escapolir la Hanna–. Aquest senyor va ser qui li va vendre l'hotel, oi?

–No, no. –Pausa per descartar tota menció a l'hotel.– Aquest Heriberto Gesíñez, que el dimoni se l'endugui, va ser un comissari de policia tristament famós a l'illa durant la dictadura d'en Franco...

–Va ser?

–Sí: es va morir fa anys. I espero que d'una mala mort.

–...Comissari de policia? Doncs tinc entès que va ser qui va comprar aquestes terres al propietari alemany, el doctor Rheinwaldt...

–Al metge del sanatori? Això no ho sé. No el vaig arribar a conèixer mai. Ni el vaig veure mai. Quan vam arribar nosaltres, ja se n'havia anat.

La Hanna es va advertir: «Està xutant pilotes fora. Compte. Si no li agrada parlar de l'hotel i del sanatori, anem per mal camí. Tornem enrere. Que es refiï.»

–Diu que va pagar cinquanta milions de pessetes per tot això.

–Eren molts diners en aquella època –va dir l'ancià, pensatiu, absent.

–A l'any setanta-cinc.

–Eren molts diners, cinquanta milions. –Anava paint a poc a poc el que sentia. Es va permetre un altre gest de sorpresa:– D'on has tret que en va pagar cinquanta milions?

–De la premsa, del *Soleil-Sun* d'Olverola.

–És mentida. No pot ser. –Somreia, escèptic, des de la seva saviesa.– Si jo al vell Galdós n'hi vaig haver de pagar vint...

«Galdós??», pensà la Hanna mentre deia:

–És clar. Ja m'estranyava que un comissari de policia pogués disposar de tants diners...

–Oh, d'això no n'has de fer cas. A l'època d'en Franco... Perquè això a quin any era?

–Al setanta-cinc.

–Just l'any de la mort d'en Franco. En aquella època, ningú es preguntava per què els comissaris de policia tenien molts diners. La policia era totpoderosa. La paraula corrupció ens l'acabem d'inventar en aquest país. En aquella època, no existia la paraula corrupció perquè tot era corrupció, no sé si m'explico. Que un comissari tingués molts diners era una cosa ben natural. Aquest Gesíñez recorria l'illa amb un Mercedes descapotable. Perquè encara que s'estava a Ciutat, tenia jurisdicció a tota l'illa. A tots ens feia por. I era d'aquelles persones que els agrada fer por, saps què vull dir? Que confonen la por amb el respecte. Hi ha gent que diu «vull que em respectin», però volen dir «vull que em tinguin por». Això no pot ser. I ell s'ho passava bé fent por. L'havia vist traient la pistola, al Casino d'Olverola, i posar-la així, al cap d'un paio.

–No era pas el pobre Trongí.

–En Trongí? No. No era en Trongí.

–Ho deia perquè, com que el pobre Trongí el van detenir...

–Que van detenir en Trongí? –Ho va recordar de seguida, alhora que la Hanna li apuntava: «Quan va passar allò de la noia embarassada...»– Ah, sí, és clar! Quan va passar allò de la pobra Aina! Sí que el van detenir, sí... Òndia, si que saps coses!

–És que estudio periodisme –va mentir la Hanna per segona vegada aquell dia–, i m'agrada fer reportatges dels llocs on vaig. La noia embarassada, que va morir, es deia Aina Galdós...

–Sí, Aina, sí, pobreta... Es veu que va voler avortar... i li va sortir malament.

–No era pas el seu pare, el pare de l'Aina, qui li va vendre aquest hotel?

–Sí! El pobre Galdós, Ramon Galdós. Ell me'l va vendre, sí.

–Això quan devia ser...? Al setanta-sis o setanta-set...

–No, no. Al setanta-cinc. A finals del setanta-cinc. Per Nadal del setanta-cinc.

–Que curiós, oi? Això vol dir que, entre octubre i desembre d'aquell any, aquestes terres van passar del doctor Rheinwaldt al comissari Gesíñez, del comissari Gesíñez al senyor Galdós, i del senyor Galdós a vostè. I, si els números que tinc són certs, es va anar devaluant a mesura que canviava de mans. De cinquanta milions que en va pagar en Gesíñez als vint que en va pagar vostè. Potser el pobre Galdós, després del que li havia passat a la filla...

–Home! No vull que pensis que me'n vaig aprofitar. Li vaig pagar el que me'n va demanar. Quan em vaig jubilar, volia comprar un negoci com aquest per als meus fills, pel seu futur, però no tenia cinquanta milions. Si el vaig comprar, va ser perquè en Galdós el venia a un preu que jo podia pagar. A més a més, s'havia de restaurar completament. Tot això, la terrassa, el pati de la petanca, el minigolf, el camp de darrere on tenim els animals, tot el camí i la vora del camí fins a la carretera, tot, tot, estava de cap per avall. Ho vaig haver d'arreglar tot. Tot el bosc de garrofers, què sé jo, com si hi volguessin fer molts pous. Hi havien entrat unes excavadores i ho havien aixecat tot. Arbres arrencats de soca-rel..., en fi. Havien trencat les conduccions d'aigua. Estava tot destrossat. Ho vaig haver d'arreglar tot.

–I per què estava així, de cap per avall?

–Ah, no sé què buscaven. Però alguna cosa buscaven. En això, no hi tinc res a veure...

La Hanna va pensar: «Buscaven el tresor, és clar. El tresor de l'Oscar Valero!» Però no va tenir l'oportunitat de continuar preguntant. La dona de l'Algueró (coneguda a l'hotel com a l'Alguerona) ficà cullerada en la conversa:

–Eh, a veure de què parles, tu, Tomàs! El que va passar fa anys a ningú no li importa, bocamoll! Apa, maca, vés a prendre la fresca.

L'Alguerona no havia estudiat la carrera diplomàtica.

Capítol sisè

1 INCONVENIÈNCIES

El dimarts, la Hanna es va llevar molt d'hora amb la intenció d'eludir la presència de la Tilly i el pare i continuar la investigació a Olverola. Però es trobà que la Tilly ja estava asseguda a taula, esmorzant, i untava pa amb mantega amb l'actitud abstreta de qui acaba d'abandonar tota esperança.

–I el pare?

Va tornar en sí. «Ah, sí, hola, Hannelore, perdona el meu estat d'absoluta prostració.»

–És a la piscina. Diu que no vol esmorzar. –La Hanna ja se n'anava.– Hannelore! Està molt preocupat per tu.

De lluny, l'Ernst Kroll no semblava gaire preocupat per ningú. Estava estirat en una hamaca gaudint del sol suau de primera hora i de la tranquil·litat d'una piscina buida.

–Pare –va xiuxiuejar la Hanna mentre se li acostava.

L'Ernst Kroll es va incorporar i la cara se li ombrejà, amenaçadora. O a la defensiva. O totes dues coses.

–Véns en to de pau o en to de guerra?

Quina pregunta tan rara.

–En to de pau, pare.

–Això vol dir que només em véns a demanar diners.

–I a dir-te que torno a anar a Olverola.

–Molt bé. Res més?

La Hanna va sospirar i s'ajupí al costat de l'hamaca.
–Només una cosa. Sobre la Tilly...
–No.
–No t'hi facis il·lusions, pare...
–Això és venir en to de guerra.
–Em sembla que estima un altre home...
Es va posar com una locomotora de les antigues.
–Fora d'aquí, vés a Olverola, estic fart dels vostres tripijocs, m'és igual tenir una filla delinqüent, m'és igual que la Tilly sigui l'encarnació de la Mata-Hari, estic de vacances, deixeu-me estar!
La Hanna el va deixar estar precipitadament. Pensava «pobre pare».
Va agafar l'autobús que passava per la carretera a les nou i cinc. Mentre pagava el bitllet al conductor, arribà rere seu un passatger endarrerit. Protegida amb els walkman, que li inoculaven música de Mecano directament sobre el timpà, va ocupar un seient buit i es va voler concentrar en la lectura del seu llibre, com es deia? Llegí. «En entrar al forat, Ulls Rojos va cridar Pell d'Escates.» Li agradava molt aquella línia. Gairebé se la sabia de memòria. No entenia on podia anar a parar la narració però aquella línia ja li produïa el plaer entranyable de les coses familiars. «Bé!», es digué per animar-se a continuar llegint. Llavors, el passatger endarrerit es va asseure al seu costat, li donà un cop de colze, li va desincrustar un dels auriculars de l'orella i la saludà:
–Hola, balladora! –Era en Tolo, el *showman* dels dijous i els diumenges. Com gosava...!– Quina exhibició de rock us vau marcar l'altre dia. –Aquell perruquí que semblava una boina, la dentadura que provocava la mateixa emoció que una vaixella de cinquanta-dues peces i el bigoti tenyit amb betum.– Molt bé, molt bé. En-

tens el que dic? Parles espanyol? –La Hanna es va estovar. Al cap i a la fi, es tractava d'un ancià que només pretenia ser amable. Assentí amb el cap.– Ah, fantàstic. Però no ets d'aquí, oi que no? D'on ets?

–Alemanya.

–Alemanya! Que curiós! Amb els cabells tan negres i alemanya... És increïble! Llavors, t'interessarà el que estic llegint... –L'inconvenient de ser una mica educat és que després t'obliguen a ser-ho durant moltíssima estona. En Tolo buscava a la butxaca de la jaqueta de lli arrugada i, per fer-ho, havia d'escorar la seva humanitat tremenda cap a babor i aixafava la noia contra la finestreta. Per sorpresa, li va posar una revista arrugada davant dels nassos. Un d'aquests setmanaris sensacionalistes amb fotos a tot color.– Has vist això dels diaris de Hitler? –Qui no ho havia vist? Havia estat notícia de moda durant mesos. «Els diaris íntims de Hitler.» Se n'havien pagat milions.– Després de fer anar en dansa tots els periodistes i historiadors d'Alemanya i d'Itàlia i de França i d'Anglaterra, va resultar que eren falsos. Quina estafa, eh?! A la revista *Stern*, ni més ni menys! I ells que es creien tan llestos, eh? –L'epidermis de la Hanna es va cobrir amb una mena de repel·lent elèctric. Ells? A qui es referia quan deia «ells»? Als periodistes de la revista *Stern* o a tots els alemanys?– Aquell home, Hitler, quin tipus, és capaç de despertar els pitjors instints de la gent fins i tot després d'haver mort... Perquè encara queda gentussa d'aquella, saps? –Mostrava la revista convertida en cilindre, donant a entendre que ho acabava de llegir:– Aquí ho posa, també parlen d'això. Quan va acabar la guerra, es van escampar per tot el món, la diàspora dels maleïts!

El tema de conversa era tan inevitable com incòmode. Però (es deia la Hanna mentre intentava foragitar el xerraire amb cara de fàstic), per què li havia de resultar incòmode? A casa seva, que ella sabés, ningú no havia defensat mai les idees nazis. Cap oncle, ni avi, ni amic, ni conegut, havia tractat mai d'omplir-li la closca amb idees racistes ni feixistes. Ni a l'escola. També per a ella els nazis eren els dolents de la pel·lícula.

–Els alemanys que servien per a alguna cosa, se'n van anar als Estats Units. Els que no servien per a res, se'n van anar a Sud-amèrica o aquí, a Espanya...

Ja sabia per què li resultava incòmoda la xerrera del *showman*. «Els alemanys!» I ja començava a estar-ne tipa.

–Es refereix als nazis, oi? –el va tallar la Hanna–. Als alemanys nacionalsocialistes, suposo. Perquè a Alemanya van quedar alguns alemanys després de la guerra, sap?... Concretament, molts milers que no tenien motiu per fugir.

–Sí, és clar –va somriure en Tolo, sense comprendre-ho, com se somriu als retardats mentals que no pronuncien bé–. Sort del jueu aquell que els va perseguint i caçant, d'un a un... –La Hanna va arquejar les celles i mirà per la finestra. En Tolo obria la revista, buscava un altre article passant pàgines endavant i endarrere barroerament, i llegia.– Saps que aquest gener van enxampar un altre alemany?

–Un altre alemany nazi, deu voler dir...

–Sí, és clar –va afirmar en Tolo distretament, com si totes dues paraules fossin sinònimes–. Un tal... –llegia–: Klaus Barbie. Li deien «el carnisser de Lió». Imagina't que bèstia devia ser perquè li diguessin el carnisser de Lió. Això és cosa del... –llegia el nom amb dificultat, el sil·labejava– Wie-sen-thal. Saps qui és? –A la Hanna li sonava, el nom de Wiesenthal, però no sabia de què, i li feia ràbia que aquell pallasso en sabés més que ella, de la història del seu país. En tot cas, el pallasso ho acabava d'aprendre de la revista que duia a la mà.– Aquí diu que Simon Wiesenthal és un jueu austríac que va decidir capturar tots els criminals de guerra nazis i que els persegueix des que es va acabar la guerra, sense parar. Ha seguit la pista de més de mil cent alemanys...

–Nazis... –el corregia la Hanna, irritada. El va mirar de reüll, per transmetre-li enuig, però l'altre llegia el reportatge en veu alta, indiferent a l'entorn. Com si viatgés sol. De fet, parlava sol...

–L'any setanta-u, en va capturar un que es deia Adolf Eichmann, aquí ho posa, que havia matat mig milió de jueus hongaresos.

–És a dir, mig milió de persones hongareses –puntualitzava la noia.

–...l'Eichmann s'havia amagat a l'Argentina, i hi vivia amb un nom fals, però Wiesenthal el va localitzar i va enviar els seus homes a buscar-lo. Els espies del Mossad, que és el servei secret dels jueus, com la CIA per als americans, el van segrestar a Buenos Aires i se'l van endur a Israel, allà el van jutjar i el van penjar. Ho sabies? I, a més d'aquest Klaus Barbie que van pescar a Bolívia, n'hi ha molts d'altres... Aquí en posa uns quants: Franz Stangi, Gustav Wagner... Et sonen?... I en Walter Rault, que va ser l'inventor de les cambres de gas, on els alemanys van assassinar tants milions de jueus...

Exasperada, la Hanna es tornà a girar cap al músic per fer-lo callar d'una vegada:

–Suposo que vol dir «on els nazis van assassinar tants milions de persones».

–Sí, és clar, tants milions de persones... jueves. –I, davant el disgust evident de la noia, va preguntar, innocent:– Què et passa?

–Tan racista em sembla dir que tots els jueus són dolents com dir que tots els alemanys som dolents.
–Escolta, que no ho deia pas per tu, eh?
–Doncs resulta que sóc alemanya i, quan algú parla dels alemanys, m'hi sento inclosa, tant si vostè ho pretén com si no.
L'home va dir «ah!» fent cara de lluç, i l'autobús va arribar a Olverola.

2 GALDÓS

Un cop a Olverola, la Hanna va fer la visita que el dia anterior no havia gosat fer. Entrà al bar Casino, va demanar un cafè amb llet, un dònut i un suc de taronja natural i preguntà per en Trongí. El cambrer era un jove molt atractiu, de faccions agitanades, ullarros negres i pestanyes femenines, que la va mirar de cap a peus amb aquella impertinència amb què els nois espanyols pretenen afalagar i sovint ho aconsegueixen.
–En Trongí no hi és.
–Que saps si vindrà aquest matí?
–Potser sí, potser no. Amb en Trongí no se sap mai.
–Bé. L'esperaré.
–Ahir no va venir.
La Hanna es va prendre el dònut i el cafè amb llet i es va beure el suc de taronja a glopets, per fer-lo durar. I en Trongí no venia.
Va tenir una pensada:
–Em pots deixar la guia de telèfons?
El cambrer atractiu no parava de mirar-la. Li va dei-

xar la guia de l'illa i, mentre preparava cafès i cigalons, observà com la Hanna la fullejava buscant el cognom Trongí en l'apartat d'Olverola. No n'hi havia cap. L'índex li va descobrir que hi havia un capítol dedicat específicament as Port d'Olverola, i va buscar a la pàgina corresponent per comprovar que no hi constava tampoc cap Trongí. Llavors, el cambrer atractiu acostà el cap al cap de la Hanna, envaint-li l'aura personal i l'àmbit de l'alè i dels perfums, i li va dir:

–Si busques en Trongí, t'equivoques. En Trongí no té telèfon. –La Hanna va pensar: «És clar! M'ho hauria d'haver imaginat!», es va sentir una mica beneita i es posà vermella. Va alçar la vista desconsolada i es va trobar amb la mirada neta i seductora del cambrer:– Com és que una noia tan maca com tu busca aquest esparracat d'en Trongí?

La Hanna es va fer la interessant.

–Hi vull parlar perquè sap coses que m'interessen i m'agradaria que me les expliqués.

El cambrer va obrir la boca, meravellat, com dient «ah!», sense dir-ho. Després, que sí que sí amb el cap.

–Últimament, en Trongí es relaciona amb gent molt curiosa –va comentar. Sens dubte es referia als homínids Voss i Vartok.

–No saps pas on el puc trobar?

–En Trongí té una caseta a la platja Cantelluda, una mica lluny d'aquí. Si el que vols és parlar-hi per telèfon, busca el nom d'un Galdós que viu as Port...

Sobresalt.

–Galdós?

–Sí. Ramon Galdós. Et dirà on pots trobar en Trongí. En Galdós té un petit taller de ceràmica just davant de la parada del tramvia des Port. Tinc entès que alguna vegada ha deixat que en Trongí dormi al pati de darrere.

–Gràcies.

Mentre la Hanna deixava una moneda de cinc-centes pessetes damunt la barra, el cambrer li va preguntar com se deia, on s'estava i si pensava passar gaires dies a Olverola. No li va contestar. Sortí i el va deixar amb la boca plena d'«espera, però espera!» i amb un darrer i suplicant «torna algun dia!».

El tramvia baixava per la rambla, ocupada per un mercat d'objectes d'artesania i souvenirs per a turistes, circulava per un carrer molt estret, permetent que els passatgers traguessin el cap als patis i els horts de les casetes unifamiliars que la flanquejaven, i desembocava finalment a la carretera al costat de la qual corria, a camp obert, en direcció a mar. En aquest tram, la lentitud del vehicle anacrònic contrastava amb la dels automòbils, que semblaven llançats a velocitats supersòniques. Deixava a la dreta camps extensos de tarongers i oliveres i un picador on els estiuejants aprenien, esvalotats, a muntar a cavall. I, de seguida, arribava a les primeres cases des Port.

Havia estat un poble minúscul de pescadors fins feia relativament poc, però la seva situació privilegiada en una badia bonica i extensa el va convertir de seguida en un enclavament turístic selecte. Port esportiu per a embarcacions lleugeres, club nàutic elitista amb festes nocturnes d'esmòquing i vint-i-un botó, i blocs gegantins d'apartaments que eclipsaren la modesta població primigènia, i proliferació de vil·les, torres, mansions i palaus als voltants. Des del passeig marítim, que la «jardinera» recorria de cap a cap, es podien veure iots majestuosos, àgils velers i windsurfs ràpids.

Abans de baixar del tramvia, la Hanna ja havia vist l'establiment amb una vela que anunciava «Ceràmica Galdós». La vela creava una zona d'ombra que, en contrast amb el sol radiant, feia sensació de foscor absoluta. Per arribar a la porta, s'havia de passar per un caminet entre càntirs, gerros, atuells, àmfores i menjadores de pollastres i a cada costat de la porta hi havia prestatges amb plats policromats. Dins, s'encruelia la foscor i els estants plens d'objectes de ceràmica formaven passadissos que convertien la botiga en una mena de laberint aclaparador, al final del qual, en un espai més ampli, un home s'escarrassava en un torn a la llum d'una bombeta groguenca. A la dreta, la porteta d'un forn. Davant, la porta d'un balcó que donava a un pati assolellat de forma enlluernadora.

–Senyor Galdós?

El torn deixà de girar. L'home es va alçar amb cert esforç, com si li fessin molt mal les cames o els ronyons.

–Sóc jo –tenia una veu ronca, com un eructe.

–Vull parlar amb en Trongí.

–Que ets de la impremta?

–Què?

La Hanna va prendre nota: «Impremta?» I si deia que sí, que era de la impremta...?

–Si véns a enganxar cartells, fas tard. En Trongí i els altres ja se n'han anat. Els trobaràs per aquí fora. Diu que vol empaperar tot el poble.

–Ah... –va dir la Hanna, desconcertada.

–Us agafaran els feixistes i us trencaran la cara, ja ho veuràs.

Bé, semblava que aquell home ja no tenia res més a dir i que pensava continuar fent la seva feina. Però la Hanna encara no havia recitat el guió que havia preparat durant tot el viatge en tramvia.

–Ah, sóc periodista –va dir–, de la televisió alemanya, la SFB, radiotelevisió de Berlín...

–Què dius?

Tot estava calculat. Durant el trajecte, des d'Olverola, havia estat planejant amb tot detall aquella trobada. Es disposava a tractar temes massa importants (la mort de l'Aina Galdós, el misteri que envoltava l'hotel Marblau d'Alcar) per presentar-se dient: «Sóc estudiant de periodisme.» Havia de dir «Periodista» i, a més, de televisió, que fa més respecte. «Quèe?», li dirien. «A la teva edat?» Cap problema. Tot previst. Podia semblar més jove del que era, oi? «Vostè quants anys em fa?» Totes les dones del món s'esforcen a semblar més joves del que són, oi? Doncs imagina-te'n una que ho hagués aconseguit.

–Què dius?

Cap problema. Tot previst.

–Que sóc periodista, de la SFB i investigo els fraus immobiliaris que s'han produït en aquesta illa des de la mort de Franco fins ara... –Pertot arreu es parlava de l'especulació immobiliària a l'illa. No tenia res d'estrany. L'home era una ombra fosca retallada al contrallum del balcó petit del fons. No hi havia manera de saber quina cara feia.– I vull parlar amb vostè en qualitat de víctima...

I ell havia de dir: «De víctima?» I la Hanna, amb tota la innocència del món: «Vostè va ser víctima d'un frau, no?» I ell: «Frau?» I ella: «Segons tinc entès, va comprar els terrenys de Son Olivera a finals del setanta-cinc i els va vendre de seguida només per vint milions...»

L'home va dir:

–És a dir, que no venies a enganxar cartells amb en Trongí.

–No, senyor. Jo, eh, segons tinc entès...

–Mira, nena, no em maregis, que tinc molta feina.

–Bé, de fet volia parlar amb en Trongí. On m'ha dit que el puc trobar?

–Per aquí, pel poble, no sé.

En Galdós es va asseure al torn i el va engegar. La Hanna s'hi va acostar.

–Escolti... –gairebé suplicava, i això no estava previst–: És important que hi parli. És respecte a en Voss i en Vartok... –Ell havia de dir: «Què en saps tu, d'això?», o alguna cosa per l'estil, però no va dir res:– Els dos americans, els que van venir aquí amb en Trongí, ahir...

–Però tu qui ets?

Caram, res no sortia com estava previst. Va decidir atacar per un altre flanc:

–A vostè li va vendre el terreny de Son Olivera el comissari...?

–Què?

Aquell home no entenia res.

–...Gesíñez, oi?

I l'home encara entenia menys per què la Hanna pronunciava aquell cognom de manera catastròfica. *Guesines*.

–Resines?

–A vostè li va vendre el terreny...?

–Però quin terreny? Però què t'empatolles...?

–...El mateix comissari que investigava la mort de la seva filla, oi?

Silenci. Finalment, havia aconseguit alguna cosa.

En Galdós va alçar la barbeta, provocador.

–Què? –No es pot interrogar una persona que només sap dir «Què?» i «Què dius?»– Què et passa, nena? Què has vingut a buscar?

A la Hanna se li va trencar la veu.

–En Trongí.

–Doncs no hi és i no sé on el pots trobar. Així és que fora d'aquí.

–Escolti: vostè i en Trongí són amics? –La noia s'havia acostumat prou a la penombra per percebre el canvi d'expressió d'en Ramon Galdós. Estava a la defensiva.– Sempre han estat amics? Perquè a en Trongí el van acusar d'haver participat en la mort de la seva filla...

–Som amics, sempre hem estat amics i era innocent. Tot va ser un error...

–El van acusar en fals? El comissari Gesíñez? Per comprometre'l a vostè? –en Galdós es va desinflar una mica. Gairebé sospirà–. Li van venir a dir que, si tirava endavant la investigació, acabarien descobrint que en Trongí n'era culpable, no?

–Sí –va xiuxiuejar l'home.

–...Encara que no ho fos. –L'home va assentir, aclaparat pels records funestos.– I li van dir que no fes cap denúncia, que no busqués responsabilitats, que deixés estar el metge del balneari, oi? I, a canvi, li van regalar els terrenys del balneari perquè en tragués uns quants diners venent-se'ls... Com a compensació.

–Vés-te'n d'una vegada.

–Perquè en Trongí tenia alguna cosa a veure amb el metge que va fer l'avortament...

–La meva filla no volia avortar, em sents? –va cridar de sobte, enfurismat. Feia molt de temps que necessitava desfogar-se.– Ni jo ni la meva dona mai l'hauríem fet fora de casa per haver quedat embarassada! Sabíem que havia de tenir un fill, i li vam oferir de cuidar-lo, com a nét nostre que era, em segueixes?

–Però llavors...?

–I no sé per què t'ho explico, ni qui ets tu ni per què ho vols saber, així és que vés-te'n!

–Però llavors digui'm...

–Et dic que te'n vagis, cony! Fora d'aquí o et faig fora a puntades de peu!

Vermella com un tomàquet, vermella com un pebrot,

vermella com el vestit de fer feina del Pare Noel, vermella com la bombeta de la cambra fosca.

Fracassada com a detectiva, per què ens hem d'enganyar.

Va fer el camí de tornada avergonyida, mirant-se les puntes dels peus, i això va impedir que veiés aquella mena de cartells que decoraven els carrers. S'hi va fixar quan ja era massa tard, quan ja havia pujat a l'autobús d'Alcar, i no va poder llegir bé el que deien. Eren grossos, amb un rivet negre, com una esquela mortuòria. A tall de gran titular, s'hi podia llegir: «Donem gràcies a Déu per la mort de Hans-Ludwig Grimpel.» (*Hans-Ludwig Grimpel? On havia llegit aquest nom, feia poc? Al carrer, en un altre cartell...?*) A continuació hi havia un text il·legible des d'on era la Hanna. I, al peu, dues fotografies. Una pertanyia a un militar d'uniforme, l'altra a un individu més gras, vestit de paisà al costat d'un garrofer. L'autobús va arrencar i la noia no va poder llegir res més.

Volgué pensar sobre el que havia vist. Estava segura que podia treure'n conclusions molt substancioses. La primera cosa que li va passar pel cap va ser que aquells eren els cartells que en Trongí estava enganxant per tota la població.

Sens dubte, s'hi plasmava la notícia sensacional que havia ofert al *Soleil-Sun* i que en Narcís Batalló havia rebutjat. Va pensar de seguida en qui s'hauria fet càrrec de les despeses d'impremta. En Trongí no semblava una persona massa solvent... Però no pogué trobar més respostes, ni tan sols fer-se més preguntes, perquè l'inefable *showman* Tolo se li tornà a asseure's al costat, li tornà a arrencar d'una estrebada un dels altaveus del walkman i la va enlluernar amb la filera terrorífica de dents postisses.

–Hola alemanyeta! –«Oh, no!»– No t'has enfadat, oi, pel que t'he dit abans? Realment, hi ha gent que no sap viure. Perdona que t'importuni, però ho he de dir a algú. Saps qui acabo de veure, sortint de l'hotel Espléndido? Els dos americans que s'estaven al Marblau d'Alcar. –La Hanna no volia fer cas al vell *showman*, però la notícia era massa important. En Voss i en Vartok eren encara a Olverola!– Imagina't: podent estar en un ambient paradisíac, vora el mar i amb piscina i tot, aquests tipus es traslladen precisament a Olverola que, com a poble, no és gens bonic, estaràs d'acord amb mi...

–Potser no eren ells...

–És clar que ho eren!

–Bé... –Si ho arribava a saber la Tilly! Si la Tilly els deia que el vell Valero encara era viu...!– Llavors, serà millor que no ho digui a ningú, no li sembla?

–Per què?

–Perquè... a l'hotel Marblau d'Alcar es podrien ofendre...

–Ofendre?

–És clar! Si descobreixen que hi ha clients que prefereixen anar a l'Espléndido d'Olverola, els clients del Marblau poden pensar que l'Espléndido és millor, i potser els agafa per fer les maletes i anar tots cap a l'Espléndido i els del Marblau es quedarien sense clientela...

–Però què dius?

–Que val més que ningú no ho sàpiga, que... –Es va desanimar.– Oh, deixi-ho estar.

Un fracàs rere l'altre.

3 EL FANTASMA

Es van pensar que era un fantas[illegible] portà com un fantasma de veritat.

D'entrada, va arribar cinc dies abans [illegible] hauria esperat si no l'haguessin donat per mort. Això és propi dels que se saben perseguits: una visita prèvia de reconeixement del terreny per no trobar-se amb sorpreses desagradables.

Va arribar en un cotxe llogat, lletgíssim, color de merda d'oca, conduït per un jove diable de mirada freda i absent. Quan va obrir la porta per baixar, es trobà amb la mirada estupefacta d'en Repep, el vigilant.

Com tot bon fantasma, el vell venia transfigurat. Vermell i mut d'ira. Havia trobat tot Olverola envaït per aquells cartells que semblaven grans esqueles mortuòries, que anunciaven la seva mort i divulgaven els seus secrets. N'havia arrencat un i ara el portava, arrugat i fet una pilota, dins el puny.

–Senyor Valero! –va quequejar en Repep–. Si ens pensàvem que s'havia mort!

És a dir, que era veritat.

Recolzant-se en un bastó amb mànec de plata, tentinejant però sorprenentment àgil per a la seva edat, l'Oscar Valero va arribar fins a l'edifici principal de l'hotel. Abans que en Repep pogués iniciar cap xerrameca i manifestar la seva sorpresa davant la visita inesperada, el xofer demoníac féu maniobrar el cotxe merda d'oca i s'allunyà de l'aparcament. No devia tenir permís per parlar amb els mortals.

L'Adrià era al bar, preparant un cafè amb llet per al client de tota la vida i, de sobte, va veure aparèixer la cara congestionada del vell Valero que li preguntava:

és en Lluc?

oncs no l'he vist, senyor Valero.

L'aparició va desaparèixer tal com havia aparegut. L'Adrià va afegir la llet al cafè, posà el sucre i la cullereta en un plat i, a continuació, va fer un crit molt agut i tirà tassa, plat, cafè, llet, sucre i cullereta cap al sostre.

–Senyor Valero!

Es va precipitar fora del bar.

–Ha vist el senyor Valero? –va preguntar al client de tota la vida, que estava abstret, llegint el diari.

Aquest client va ser el primer a pronunciar la paraula fatídica:

–No: jo, els fantasmes, només els veig de nit.

«Fantasmes...?»

Pàl·lid i tremolós, l'Adrià va córrer cap a recepció.

Allà hi havia la Cinta, classificant el correu que acabaven de dur...

–Cinta! No has vist pas...?

...Estava immòbil com una figura de cera, amb els ulls com pilotes de ping-pong, la boca oberta, una mà damunt les cartes del taulell, l'altra alçada enarborant un sobre...

Sí que l'havia vist!

El fantasma havia preguntat per en Lluc, així és que l'Adrià va córrer cap a la part de l'hotel on vivien els amos.

Però en Valero s'havia confós i havia anat a buscar el nen a les habitacions noves, al costat del minigolf. L'havia tranquil·litzat comprovar que encara no havien repartit el correu. Això significava que en Lluc no podia haver rebut el paquet del notari d'Olverola. Ben pensat, era prematur que s'hagués rebut si la notícia de la seva mort s'havia difós el dia anterior.

És clar que el vell Valero no podia saber que el notari havia enviat el paquet a través d'un missatger.

L'Adrià va obrir de cop la porta de l'habitació d'en Lluc. Allí hi havia el noi, obrint el paquet que acabava de rebre.

–Què passa?

–No, no, res! –va cridar el cambrer en el to i amb el gest de l'hostessa que anuncia que no passa res, que ningú no s'alarmi, que només inicien un aterratge forçós damunt la selva amazònica–. Res, res! No has pas vist...?

–Qui?

–No has pas vist res de anormal?

–Si no et refereixes a la teva cara, ara mateix...

–Bé, doncs no et moguis d'aquí dins i no obris a ningú per res del món, encara que truquin amb insistència!

–Però, per què?

–Perquè sí! –L'Adrià no li podia dir que era perquè un mort vivent havia arribat a l'hotel preguntant per ell.

En aquell moment, el mort vivent Oscar Valero es dirigia cap a una parella que jugaven a minigolf. Els coneixia a tots dos, de l'altra vegada que s'havia allotjat a l'hotel.

–Han vist el jove Lluc per aquí?

La parella també recordava el vell, i l'última cosa que n'havien sabut era que s'havia mort.

La noia va dir «ostres!».

El noi, que estava a punt de donar un cop fort a la pilota, es va donar un cop fort al turmell i es va fer molt mal.

El vell Valero estava molt nerviós:

–On és en Lluc? –va cridar com només és capaç de cridar una ànima en pena.

–Amb barca! Ha sortit amb barca! –va respondre la

noia, presa de pànic (realment es pensava que el nen, a aquella hora, cada dia acostumava a sortir amb barca).

Amb barca, oh, no, ja n'hi ha prou!

El vell Valero no podia perdre el temps baixant a la platja, en aquells moments. A més, encara no havien repartit el correu. Potser seria a temps d'impedir que el notari li enviés el paquet.

Tornava a l'aparcament, tan de pressa com li ho permetien les seves velles cames, i es va trobar amb la Tilly. I la Tilly, per una d'aquelles coses que passen, va deduir que aquell ancià era l'Oscar Valero. Ella era de les poques persones que sabien que el vell Valero no s'havia mort i que es tractava d'un vellet de vuitanta anys que un dia d'aquests es presentaria a l'hotel i es trobaria que havien anul·lat la reserva de l'habitació. Aquell ancià irat desconegut que es trobà casualment va disparar les seves conjectures.

–Vostè és el senyor Valero?

–On és en Lluc?

Ho va preguntar tan enfurismat que la Tilly va suposar que el vell s'havia assabentat de la barrabassada del nen i el buscava per clavar-li una pallissa.

–Oh, no li tingui en compte el que va fer! Ja sap com són els nens... Aquells senyors es posaran en contacte amb vostè a l'Argentina...

–Aquells senyors...?

–Uns senyors que el buscaven per donar-li una bona notícia... –«Els homínids!»– Truqui de seguida a casa seva, a l'Argentina. Es trobarà amb una sorpresa...

El vell Valero deixà anar un gemec malaltís i es va allunyar, fent saltirons, fins a l'aparcament, on arribà per la part de darrere. Els homínids l'havien localitzat! Havia de posar fora de perill el tresor com més aviat millor! Va pujar al cotxe, el conductor diabòlic arrencà amb una accelerada eixordadora i van desaparèixer, camí amunt, cap a la carretera principal.

La Tilly el va veure com se n'anava amb un somriure:

–Mira que content se'n va el vellet!

4 EL SECRET DEL TRESOR

L'autobús es va aturar davant l'accés a l'hotel Marblau i van baixar la Hanna i en Tolo. Tots dos van fer el recorregut fins a l'hotel sense dirigir-se la paraula, un per aquí i l'altra per allà, com si no es coneguessin de res. En arribar a l'aparcament, en Lluc va sortir al pas de la Hanna, molt excitat, i en Tolo es dirigí a la terrassa, armat amb el seu darrer discurs.

–Realment, hi ha gent que no sap viure. Saben qui acabo de veure, sortint de l'hotel Espléndido d'Olverola? Els dos americans que s'estaven aquí! Podent estar en aquest ambient paradisíac, vora el mar i amb piscina i tot...!

En Lluc volia ensenyar a la Hanna el paquet que havia rebut. No podia esperar que estiguessin en una habitació o en un lloc cobert que propiciés els secrets. Li hagué d'ensenyar el que li cremava les mans.

–Aquí hi ha el secret del tresor del vell Valero!

–El secret?

El sobre reforçat contenia dues claus molt grosses i antigues, una llibreta a la tapa dura de la qual deia «Cementiri Municipal d'Olverola» i dues cartes. Una portava l'encapçalament i la firma d'un notari anomenat Benito Tudela Leva, d'Olverola, i la Hanna va recordar que, el dia abans, el director del *Soleil-Sun* havia trucat a algú anomenat Benito: «Benito: sóc en Batalló. Escolta: saps qui s'ha mort? Saps aquell argentí que et vaig enviar? Aquell senyor gran, que volia fer testament o no sé què?» Així era com el notari s'havia assabentat de la mort del vell Valero i de seguida va enviar el paquet a en Lluc, tal com s'havia compromès a fer.

Deia la carta:

Sr. Lluc Algueró

Distingit senyor,

Amb aquesta carta, i en compliment de l'última voluntat del senyor Oscar Telmo Valero, li he de notificar que fou desig explícit del citat senyor Valero que anés vostè personalment a netejar el panteó que hi ha al cementiri vell d'Olverola, a nom de Helmut Rheinwaldt, amb vista a deixar-lo en condicions per tal que hi puguin reposar les seves restes mortals.

Rebi l'expressió del meu condol.

Atentament,

Benito Tudela Leva

–M'anomena «senyor Lluc Algueró»! –deia en Lluc, entre rialles, molt orgullós–. I «distingit senyor»!

Evidentment, el notari no sabia que es dirigia a un nen de deu anys.

L'altra carta era del vell Valero.

Estimat Lluc,

En quin bon embolic t'he ficat. I no hi seré per ajudar-te a sortir-ne perquè, quan rebis aquesta carta, ja m'hauré mort.

Et vaig dir que tinc, a Olverola, molta gent que m'estima. Joves llops fogosos i lluitadors, però massa impetuosos. A cap d'ells podria confiar el meu tresor. No n'hi ha cap que participi de la teva innocència, de la teva honradesa i lleialtat. Em fa por que venguin les riqueses, que se les gastin en cervesa i droga. Sé que tu, en canvi, faràs exactament el que et demanaré.

Enretira tot el tresor del panteó del cementiri vell i amaga'l en un altre lloc. D'aquí a poc temps, un dels guerrers immortals te'l vindrà a demanar. Ja saps quin és el distintiu que et permetrà identificar-lo. Entrega-li amb tota confiança, i et recompensarà la lleialtat, l'honradesa i la innocència. Escolta tot el que et digui, i aprèn de les seves lliçons, que faran de tu un home nou, un guerrer immortal.

Amb tot el meu afecte, petit Lluc, des de l'altre món, rep un petó molt afectuós del teu avi postís.

El vell Valero

La llibreta de tapa dura era el títol de propietat d'un sepulcre del cementiri d'Olverola, a nom de Helmut Rheinwaldt. El sepulcre estava situat a la «parcel·la 72» i se'n detallaven les dimensions amb tota exactitud. Amplada, longitud i profunditat. Era capaç de contenir quatre «cossos».

–Em va dur a un sepulcre! –va exclamar en Lluc, tan il·lusionat com si l'hagués dut a Disneyworld–. Som-hi?

A la recerca del tresor! Qui es podia resistir a la temptació?

–Però hem de dir alguna cosa als teus pares...

–Ja els he dit que me n'anava a dinar amb tu a Olverola, i m'han donat permís.

–Segur?

–T'ho prometo!

–Doncs som-hi, és clar que sí!

Van arrencar a córrer, pendent amunt, cap a la carretera principal.

–Però com anirem a Olverola? Ara no hi ha autobús.

–Farem autoestop.

En aquell mateix instant, la Tilly s'assabentava per boca d'en Tolo que «els dos americans» eren encara a Olverola, a l'hotel Espléndido.

–Els hem de dir que el vell Valero és aquí! –va exclamar, amb gran sorpresa de tots els qui encara creien en el fantasma. Es tombà cap al pare de la Hanna:– Hi hem d'anar...!

El senyor Kroll va enfonsar el cap entre les espatlles, desitjant convertir-se en tortuga, i tancà els ulls.

–Jo no he d'anar enlloc –es va inhibir.

–Vol que l'acompanyi? –es va oferir llavors en Mànnix.

El noi, que havia presenciat l'escena, se sentia culpable i creia que havia de fer alguna cosa per arreglar la seva falta. Al cap i a la fi, ell havia estat qui havia enganyat tothom amb el seu accent de Buenos Aires i en seria el principal responsable si el pobre Valero es quedava sense l'herència. A més, aquella missió ompliria amb una mica de diversió els tranquils i tediosos dies de vacances i els donaria sentit.

La Tilly va acceptar l'ajuda tàcitament. Es va posar dreta i es dirigí cap a l'aparcament donant per fet que l'adolescent la seguiria. La va seguir. Pujaren al cotxe que havia llogat el pare de la Hanna, un Seat Ibiza modest i diminut, i es posaren en camí cap a Olverola.

Van pujar el pendent, arribaren a la carretera principal, i hi van veure la Hanna i en Lluc fent autoestop. Acabava de parar una furgoneta de repartir peix i ja hi pujaven...

–Eh! –va exclamar la Tilly–. On van aquell parell tan de pressa?

El Seat Ibiza que conduïa es va mantenir rere la furgoneta durant tot el trajecte, fins a Olverola.

Capítol setè

1 AVENTURA AL CEMENTIRI

La Hanna estava molt callada. Ignorava els esforços del conductor de la furgoneta per teixir una conversa i no apartava els ulls dels revolts de la carretera, amb prou feines parpellejava. En Lluc la mirava molt espantat, preguntant-li per telepatia: «Ei, on ets?» No l'inquietava tant la perspectiva d'una aventura en un cementiri com la possibilitat que l'amiga l'abandonés.

–Què et passa? Què penses?

La Hanna lligava caps, concretant cadenes de pensament les anelles de les quals eren dades de què disposava des de feia temps i a les quals no havia donat la importància que mereixien. Descobria que, quan havia visitat en Ramon Galdós, no tractava tant d'esbrinar alguna cosa nova com de comprovar si era veritat el que intuïa. Ja sabia el que en Ramon Galdós li podia dir i, per tant, coneixia perfectament el que li havia amagat.

–No, res. Només estic emocionada.

La resposta va treure un pes de sobre a en Lluc.

–És emocionant, oi? Oi que sí! Caaasa meeeva, telèeefon...

Va riure. El conductor de la furgoneta no entenia res.

Si aquell comissari Heriberto Gesíñez, «tristament famós» i «corrupte», havia comprat els terrenys de l'hotel per cinquanta milions i se l'havia venut per vint, es podia concloure que no especulava amb els seus diners i que, a més, era molt amic del doctor Rheinwaldt i el volia afavorir. Si els diners no eren seus, de qui podien ser? Imaginant que fossin de l'Administració, de la mateixa policia, podria ser que aquells cinquanta milions representessin una indemnització a canvi que el doctor Rheinwaldt se n'anés de l'illa? És clar que sí! «No el podem continuar protegint, agafi aquests diners i vagi-se'n.»

La furgoneta de repartir peix, després d'haver descarregat a Alcar, es dirigia as Port d'Olverola, i això significava que, en arribar a l'stop de la carretera nacional, havia de girar cap a l'esquerra i deixar la població a la dreta.

–Bé, jo trenco cap aquí...

–Sí, sí, tiri una mica més. Anem al cementiri vell.

–Al cementiri vell?

És clar: el nen ho recordava perfectament. Quan havia viatjat amb el vell Valero amb els ulls embenats, allà era on s'havia perdut. El cotxe havia girat a l'esquerra i havia trencat de seguida cap a la dreta. Cap al cementiri.

–Ens quedem aquí. Moltes gràcies.

Rere la furgoneta, la Tilly es va sentir desconcertada en veure que la Hanna i en Lluc baixaven i continuaven el camí a peu.

–Ei, un moment, on van?

Anaven en direcció contrària al centre d'Olverola i a l'hotel Espléndido. La Tilly va frenar en sec, una mica més enllà de l'stop.

–Vés a l'hotel –va dir a en Mànnix– i digues als americans que s'esperin, que el vell Valero és aquí. De seguida em reuniré amb tu. Vull saber on va la Hannelore.

En Mànnix també volia saber on anava la Hanneľore, però no va trobar arguments per resistir-se. Va dir: «Està bé, l'espero a l'hotel», i baixà del Seat Ibiza. Va arrencar a córrer cap al centre de la població.

En Lluc i la Hanna s'havien ficat, apressats, per un carrer estret que, en diagonal, s'internava en un dels suburbis més pobres d'Olverola. La Tilly els seguia, dubtant entre si els abordava directament o es limitava a observar per veure què pretenien. Sens dubte tenien un objectiu molt precís.

En Lluc va tancar els ulls i agafà la mà de la Hanna. Avançava somrient i recordant.

–Sí, sí –deia–. És clar... Ens introduíem a la ciutat, però no cap al centre, sinó així, com si la voregéssim...

La Tilly pensava: «Si m'hi acosto i els pregunto què fan i on van, em diran una mentida.» «Res, simplement passegem.» Per això retenia el cotxe, com si conduís un cavall estirant-li la brida.

La Hanna pensava que la filla d'en Ramon Galdós havia aparegut molt mal ferida. Quan va desaparèixer, estava embarassada i, digués el que digués en Ramon Galdós, tothom donava per fet que havia tractat d'avortar i li havien fet una operació espantosa... Però semblava que ningú es preguntés qui la hi havia fet.

Potser un metge misteriós que actuava pels voltants?

Potser el misteriós doctor Rheinwaldt, del balneari de Son Olivera?

Era això el que la policia no estava disposada a continuar encobrint? Perquè a finals del 75 s'estava acabant l'època franquista, perquè Franco s'estava morint, perquè no sabien què podia passar en el país a continuació, no sabien qui manaria a partir de llavors, no sabien si determinats crims podrien seguir impunes...

«Agafi aquests cinquanta milions i vagi-se'n, senyor

Rheinwaldt. A Madrid o a l'Argentina, on vulgui i pugui refer la vida.»

En Lluc continuava dient, per emmascarar la por:

–Caaasa meeeva, telèeefon...

I reien, amb la Hanna, però era una rialleta crispada, histèrica, plena de tremolors i d'estretes de mans.

De seguida, s'hagueren de desviar del trànsit i de les cases, pel camí del cementiri, entre tarongers. En Lluc recordava l'itinerari amb precisió.

–Sí, sí, aquí vaig sentir el cant dels grills. I fa olor de tarongers.

Per aquell camí, era impossible que el Seat Ibiza passés desapercebut.

Va ser en Lluc qui es va tombar i va dir:

–Ens segueixen.

I va ser la Hanna qui va dir:

–Tilly!

La Tilly va accelerar per acostar-s'hi. S'aturà a poques passes de la parella i va baixar del cotxe tractant de semblar amable i negociadora.

–Hola! Es pot saber on aneu? –Era evident. Aquell camí només conduïa al cementiri. De manera que tant la Hanna com en Lluc es van limitar a canviar el pes del cos d'una cama a l'altra.– Puc venir amb vosaltres?

Bé: s'havia de negociar. La Hanna s'hi va acostar, es mirà les puntes dels peus com si calculés exactament el que havia de dir i prenent impuls per dir-ho, i finalment alçà una mirada ferrenya i resoluda.

–Em vas dir que et posés a prova. –Allò va posar un interrogant sobre el front de la Tilly.– Em vas dir que et demanés el que volgués, quan volgués. Per poder-me convèncer que sempre podria comptar amb tu.

–I és veritat –va concedir la Tilly, després d'empassar-se la saliva.

–Llavors, acompanya'ns al cementiri i no facis preguntes.

–Però què...?

–I no facis preguntes.

–Bé, bé, d'acord, pugeu al cotxe. Et mostraré que pots confiar en mi. Però per què al cemen...?

–Sense preguntes.

–És clar, és clar.

Van pujar al Seat Ibiza i continuaren el recorregut fins a les tàpies del cementiri vell. El camí era molt irregular i polsegós i el cotxe feia sotracs. No tornaren a trobar asfalt fins a pocs metres abans d'arribar a destí. Quan baixaren, una espècie de grava o sorra cruixí sota les sabates de la Hanna, en Lluc i la Tilly. *Crec, crec, crec.* El nen xalava recordant.

La Hanna deduïa.

Els terrenys de Son Olivera, regalats a en Ramon Galdós. Regalats?

Per compensar la mort de la seva filla, per comprar-li el silenci. «Agafi aquests terrenys, vengui'ls i, amb els diners que n'obtingui, compri's l'oblit de la seva filla, compri's l'amnèsia.» I en Ramon Galdós els va vendre als Algueró, i aquests hi fundaren l'hotel Marblau. Havien anat així les coses? Era aquest el secret que coneixia en Trongí i volia vendre a en Narcís Batalló? O era alguna cosa més?

Era un cementiri sense guarda. Quan van ser a la gran reixa de ferro, en Lluc va treure del sobre reforçat les dues claus immenses. Ficà la grossa al pany gran. *Cric-crac!* I la reixa es va obrir amb un grinyol esgarrifós. *Nynynynyiiiic!*

–Com és que tens la clau del cementiri?

–Sense preguntes, Tilly. Si vols, et pots quedar aquí fora.

No li podien impedir que entrés amb ells. No ho haurien aconseguit ni amenaçant-la amb una pistola. Anaven la Hanna i en Lluc davant, avançant damunt d'asfalt i sorra i pedres que feien *crec, crec, crec* a cada pas, i la Tilly els seguia amb les mans crispades, a mig camí de la boca, disposades a ofegar un crit imminent.

Hi havia xiprers que xiuxiuejaven en passar el vent entre les fulles, i flors marcides oblidades damunt tombes amb creus tortes. En el centre, tres o quatre panteons no gaire grans. En un, que estava envoltat per una reixa petita i coronat per un àngel somrient, es podia llegir el nom Rheinwaldt. Helmut Rheinwaldt.

–I ens hi hem de ficar a dins? –va dir en Lluc amb veu trencada.

–No, no, no cal! –va intervenir la Tilly, en espanyol, com si li ho haguessin preguntat.

–Per tu, no serà la primera vegada –va respondre la Hanna.

La porteta de la reixa tenia les frontisses desballestades i era a terra. Van arribar fins a la porta estreta del mausoleu. L'altra clau. *Catacrac!,* clau antiga en un pany antic, cop sec del mecanisme.

–Ens ficarem a dins? –va ploriquejar la Tilly.

Es va obrir la porta a la foscor d'ultratomba. Sis esglaons.

–Qui passa primer?

–No hem dut cap llanterna.

–Em sembla que a dins hi ha espelmes. Teniu cap encenedor?

–Jo... jo porto mistos.

La Tilly va buscar a la butxaca dels pantalons. Tremolava tant que la capsa de mistos va fer remor de sonall. Estava pàl·lida, bocabadada. La Hanna agafà la capseta, en va treure un misto, l'encengué i, sense pensar-s'ho massa, s'internà en el panteó. No li agradava fer-ho i tenia por, però no podien passar-se tot el dia a la porta, fent a la sort qui entrava primer.

Hi havia dos nínxols a cada costat. Eren nínxols llargs i poc profunds, com lleixes, i els taüts s'haurien de col·locar al llarg de la paret. En un hi havia un fèretre, una caixa desenllustrada i desballestada, estellosa. Al bell mig d'aquella estança petita, tancada i sufocant, que feia pudor d'humitat i de brutícia, hi havia un cadafal de marbre, la «taula de marbre blanc, bruta de pols de segles», que recordava en Lluc. I, damunt el marbre, una espelma sostinguda per un pedestal de la mateixa cera fosa.

Es va apagar el misto i la Hanna es va veure ofegada de pànic. En va buscar un altre a la capsa amb dits maldestres, s'hagué d'empassar un sanglot, el va encendre al segon intent i el pogué aplicar al ble. Va créixer la flama, i s'il·luminà l'interior del panteó.

En Lluc i la Tilly, esglaiats i sense alè, avançant amb compte per no fer el més petit soroll, es van col·locar al costat de la noia.

–Però hi falta... –va dir en Lluc.

El tresor?

El moviment següent, passada la primera impressió, va ser més fàcil que els anteriors. La Hanna s'arribà a un dels nínxols que semblaven buits i hi trobà teles plegades de qualsevol manera. Les va estirar. Eren teles vermelles, deslluïdes pel temps i la pols. En va desplegar una i descobrí que hi havia gafets per penjar-la com una cortina. Va mirar dalt de les parets i hi localitzà els ganxos on, la vegada que en Lluc hi havia anat, el vell Valero devia fixar aquells gafets perquè la roba tapés els nínxols. Va trobar també l'escala plegable de tres esglaons que feia possible l'operació i, de seguida, es va adonar que les teles eren, en realitat, banderes. Banderes vermelles amb un cercle blanc al centre i el signe esgarrifós d'una esvàstica.

–Ostres, la creu gammada –va exclamar en Lluc–. Però no hi era, l'altra vegada.

–Sí que hi era. No vas dir que el vell Valero havia penjat quadres al centre de les teles?

–Sí...

–Els quadres ocultaven l'esvàstica. El vell Valero no volia que descobrissis a qui es referia quan parlava de guerrers immortals.

–De qui parlava?

–Dels nazis.

Allò no tenia gaire sentit per a en Lluc, que es va limitar a arronsar les espatlles, però sí que en tenia per a la Tilly, que es va tapar la boca i exclamà alguna cosa en alemany. «Els nazis?»

Van treure el tresor dels guerrers immortals de l'interior dels nínxols. Primer, les armes. Un parell de dagues amb una inscripció amb lletres gòtiques: *Blut und Ehre* («sang i honor», el lema de les SS), un parell de pistoles Luger, el petit emblema amb la calavera que distingia les SS, i aquella «mena de maraques» que eren, en realitat, bombes de mà. Un cilindre, una mena de llauna de conserves, amb un mànec a la base.

–Ai, Déu meu, però tot això, de qui és? –ploriquejava la Tilly.

Era clar. Allò era el botí de guerra d'aquell *Sturmbannführer* de les SS anomenat Hans-Ludwig Grimpel. Probablement un criminal de guerra, un vell assetjat pels homes de Simon Wiesenthal, un fugitiu que es feia dir Helmut Rheinwaldt quan dirigia el balneari de Son Olivera i que es feia dir Oscar Valero quan va tornar vuit anys més tard.

Tant la Hanna com la Tilly respiraven amb agitació a mesura que anaven veient cada un d'aquells objectes.

–Ai, Déu meu, a veure si ve l'amo de tot això i...

Després, va sortir el tresor pròpiament dit. Cinc quadres bastant bonics, emmarcats amb elegància. La Tilly entenia prou d'art per identificar un Cézanne, «Déu meu, això és un Cézanne!», cosa que els va fer suposar que els altres eren igualment valuosos. Hi havia tres figuretes d'estil art déco, fetes de marfil i or.

–Ai, Déu meu, anem-nos-en d'aquí, Hannelore... –quequejava la Tilly–. Per què t'has hagut de ficar en aquest embolic?

–T'he dit que no fessis preguntes...

–No, si no les faig perquè em responguis, és que no puc parar de parlar, em sembla que m'està a punt d'agafar un atac d'histèria...

–Si t'agafa un atac d'histèria, ens en anem i et deixem sola!

–Oh, Déu meu! Que no m'agafi!

I, finalment, el cofre. Un petit cofre de fusta fosca. El cofre de les palletes d'or que resultaren no ser palletes d'or.

–Què és això?

El van acostar a la llum de l'espelma.

–Què és?

Eren dents. Pròtesis dentals d'or. Moltíssimes pròtesis dentals d'or que no podien haver sortit d'enlloc més que de boques humanes.

Tan bon punt se'n va adonar, la Hanna va fer un gemec de fàstic i va empènyer lluny de si mateixa el cofre, que va relliscar sobre el cadafal i estigué a punt de caure a terra. Va semblar que el deturava la veu punyent que tot d'una arribà al panteó. Un bram agut i horripilant:

–*Compte, que cau!*

La Hanna, la Tilly i en Lluc es van unir en un sol xiscle.

A la porta, armada amb una llanterna encegadora, hi havia la silueta inconfusible del vell Valero. Rere seu venia més gent.

2 CRIMINAL DE GUERRA

Cap dels tres sorpresos sabé reaccionar. Van retrocedir fins al fons del panteó. No pogueren impedir que el vell allargués la mà i es fes amb una de les pistoles Luger. La va muntar, *cris-cràs!,* col·locà una bala a la recambra.

–Agafeu el tresor! –va ordenar, amb el seu castellà argentí–. Som-hi, som-hi, som-hi!

–Oh, senyor Valero...! –va exclamar la Tilly en espanyol, amb una rialleta de «quina casualitat, vostè per aquí».

El reducte fúnebre es va veure envaït per dues presències més. Un dels nois que la Hanna havia vist enganxant cartells i el de la camisa blava, el fill d'en Narcís Batalló. Els «joves llops fogosos i lluitadors» de qui en Valero parlava a la carta. Havia dit: «Tinc altres persones a qui recórrer, altres guerrers, però no me'n fio, no me'n fio...» Cap d'ells, segons deia, posseïa ni un bri d'innocència, d'honradesa ni de lleialtat. Només podia confiar en la ingenuïtat d'en Lluc que, en aquells moments, estava tan atordit com si hagués rebut un cop al cap. El cop, tanmateix, l'havia rebut a l'ànima. No era un trastorn dels sentits sinó dels sentiments. En alguna part del seu ésser, una veu punyent protestava que com era possible que aquell vellet, aquell bon home que jugava a matar indis, aquell enamorat deliciós de la Vídua Blanca, que algú capaç de dir coses tan maques fos, en realitat, un monstre... I la ingenuïtat se li feia trossos en descobrir que la divisió de bons i dolents no era tan senzilla com sempre havia cregut.

I, mentrestant, els joves sicaris del monstre es mostraven indiferents, freds, com transportistes que no fessin altra cosa que complir amb la seva feina. Pel que es veu, els era igual sentir que el vell Grimpel no confiava en ells. La seva única virtut era la de l'obediència cega. Sens dubte, en Grimpel hi havia establert contacte l'altra vegada que havia estat a Olverola, al 81. Joves admiradors de Tercer Reich enlluernats per poder parlar amb un dels assassins en persona. Ells l'estaven esperant per fer la conferència sobre «La mentida de l'Holocaust». En el cartell anunciador era on havia llegit la Hanna per primera vegada el nom de Hans-Ludwig Grimpel. «Les memòries d'un dels testimonis presencials dels fets»: un eufemisme per donar a entendre als interessats que en Grimpel assistiria personalment a la conferència. Potser fins i tot la donaria ell. Joves estúpids i imprudents! No s'havien pogut estar d'escriure el nom del seu ídol a la publicitat. Havia estat a través d'un d'ells, aficionat a la cervesa, que en Trongí havia sabut que el vell Valero era, en realitat, en Helmut Rheinwaldt? O que en Helmut Rheinwaldt era, en realitat, el criminal de guerra Hans-Ludwig Grimpel? Aquella era, sens dubte, la notícia bomba que en Trongí havia volgut vendre al *Soleil-Sun*.

–Va treure personalment aquestes dents a les seves víctimes, senyor Rheinwaldt? –va cridar la Hanna, en alemany, amb tot el menyspreu que fou capaç.

Els nois van agafar el cofre de les dents d'or, les figuretes, els quadres. Ho anaven ficant tot en una bossa.

–A quin camp de concentració va servir, senyor Rheinwaldt? –va continuar cridant, acusant, la Hanna, sense poder-se contenir.

–*Doctor!* –la va corregir el vell Valero, en alemany, exigint un respecte amb una ka remarcadíssima: «Dokkktor»–. Doctor Hans-Ludwig Grimpel!

–Ah, és alemany?! –exclamava la Tilly en alemany, com si se sentís molt alleugida i contenta de trobar-se amb un compatriota–. Jo també ho sóc. Ara ens podrem entendre...

Ell continuava sense fer cas de la interrupció:

–I no estava servint! Estava investigant! Estava realitzant una investigació profunda, intensa i rigorosa sobre el secret de la fertilitat! Volia descobrir per què hi ha dones que es queden embarassades d'uns homes i no d'uns altres...!

En aquell moment, la Hanna va tenir la primera intuïció que estava tractant amb un boig. No es va poder reprimir:

–Deu dependre dels homes, no? N'hi deu haver que no poden tenir fills...

–Mai! –va xisclar en Hans-Ludwig Grimpel. Pel que es veu, la Hanna havia anat a tocar la llaga més oberta i més dolorosa–. Està científicament demostrat que l'home sempre és fèrtil, senyoreta ignorant! La dona és la que concep i, per tant, el secret està en ella! He dedicat tota la vida a aquesta investigació i, per tant, sé de què parlo!

La Hanna va començar a moure el cap en sentit negatiu. No, no volia sentir res més que sortís de la boca d'aquell monstre, perquè intuïa que les simples paraules podien trencar-li tota la resistència. Recordà haver sentit dir que, en els camps de concentració nazis, s'havien realitzat experiments utilitzant éssers humans com a conillets d'Índies. Havien inoculat malalties a persones només per investigar quanta estona tardaven a morir. Havien alimentat grups de persones únicament amb aigua de mar, o amb xocolata, fins a la mort, per esbrinar quant de temps podien sobreviure a base d'aquella dieta. Havien esterilitzat dones, fins i tot nens i nenes. Es va imaginar experiments mèdics amb dones embarassades i una rampa li tenallà el cos i un vòmit pugnà per sortir-li de la boca, com una escopinada de ràbia contra el que representava aquell ancià. Era un boig que, incapaç d'acceptar la pròpia esterilitat, n'havia culpat les dones i s'havia dedicat a castigar-les de la forma més atroç.

Va pensar en la jove Aina Galdós, embarassada. Potser era veritat, al capdavall, que no volia avortar. Què li havia passat? Què li havia fet aquell monstre?

I després: I quantes dones més havien passat pel sanatori de Son Olivera perquè el monstre hi experimentés?

–Fora, fora! –va cridar el vell Valero als seus joves ajudants, quan van haver acabat de ficar a les bosses tot el que hi havia de valor–. Les armes, deixeu-me-les a mi!

Els nois van sortir, però les seves ombres, a l'exterior, donaven a entendre que no s'allunyaven gaire.

El vell Valero va obrir un cistell de vímet i procedí a ficar-hi les dagues, les bombes de mà i l'altra pistola. De sobte, es va aturar i confessà en veu baixa, amb un xiuxiueig adolorit:

–Mai vaig poder tenir fills i volia saber per què.

–Però, senyor Valero... –va dir la veueta del Lluc més desencantat del món. Volia preguntar: «Què se n'ha fet del vell Valero enamorat de la Vídua Blanca, del que li ensenyava trucs de prestidigitació, del poeta, del somiador, del nostàlgic, de l'amic savi? Què se n'ha fet del vell Valero que m'ensenyava a matar indis...?» Però callava. Ho hauria d'haver sospitat: jugaven a matar, jugaven a matar gent d'una altra raça.

–Lluc... –li va dir el vell, inesperadament entendrit–. M'han enxampat els homínids. Els homes d'en Wiesenthal... –Però la ràbia vencia la tendresa:– De segur que els va avisar aquell maleït xueta, en Trongí! Els maleïts jueus ajudant-se entre ells!

La Hanna va pensar, mentre l'ancià continuava el seu discurs entre rabiós i melancòlic: «Els americans Voss i Vartok! Homes d'en Wiesenthal, és clar.» I va afegir per a si mateixa, completant el trencaclosques: «Va ser en Trongí qui els va cridar, qui els va presentar les proves... I ells li van finançar la impressió dels cartells perquè pogués difondre per tot Olverola que el vell doctor Rheinwaldt era, en realitat, el criminal de guerra Hans-Ludwig Grimpel.»

–...Tota la vida amagant-me, com una rata, demanant permís per viure. Primer, a l'Espanya de Franco. El comissari Gesíñez es va fer milionari a costa meva, venent-me protecció. –La Hanna ara ho entenia tot. Protecció comprada amb peces d'aquell tresor del qual només quedaven cinc quadres i tres figuretes, producte d'un dels tants saqueigs a museus realitzats pels nazis quan es creien que eren els amos del món. El doctor Hans-Ludwig Grimpel, de les Waffen-SS, havia arribat a una Espanya que admirava i aprovava les gestes de Hitler i s'hi havia fet una personalitat nova, la del doctor Helmut Rheinwaldt. Segurament mai no se sabrà si va actuar més com a metge benefactor o com a investigador diabòlic que experimentava amb dones embarassades.– Els homes de Wiesenthal em buscaven a l'Argentina, però no sabien quina era la meva personalitat. N'he tingut moltíssimes. He estat en Werner Frentzen en un lloc, en Helmut Rheinwaldt en un altre, l'argentí Oscar Telmo Valero a Mallorca, l'espanyol Anselmo Ríos a l'Argentina. –Estava rematadament boig. Quants com ell havien passat desapercebuts simplement canviant de nom i dedicant-se a una tranquil·la vida burgesa. Ell n'havia estat incapaç. Era un monstre espantat que corria d'un costat a l'altre amb la sensació que estaven a punt de desemmascarar-lo. Un monstre espantat en un infern que ell mateix es construïa cada dia.– Sempre amagant-me darrere telèfons falsos, adreces d'empreses on hi havia algun empleat que em passava els missatges... –Va fer una pausa i una ganyota d'amargor. Feia el resum d'una vida frenètica i paranoica i el saldo no li devia semblar positiu. Va mirar en Lluc i canvià de tema:– Suposo que em vas voler protegir en dir que estava mort, i t'ho agraeixo, i potser això m'ajudi a salvar dignament la resta de la vida. Però ara ja saps massa coses... –«Saps massa coses? Què volia dir amb allò?»– Jo... t'estimava com a un nét...

–Vostè no ha estimat mai a ningú! –va cridar la Hanna.

–Hannelore, no li diguis aquestes coses, pobre home –la va renyar la Tilly.

–Quan els actuals propietaris van comprar Son Olivera... –va prosseguir la noia, sense alè– es van trobar que les excavadores havien aixecat tota la terra, com si cavessin pous per totes bandes... No buscaven aquest tresor, oi? –El vell Valero va deixar de fer el que feia per mirar la noia i acusar-la també de saber massa coses.– Estaven desenterrant cadàvers, oi? Esborrant el rastre del seu pas per allà...

Esborrant el rastre abans de fugir a l'Argentina. En aquell temps, havia après a parlar prou bé l'espanyol per adoptar la personalitat d'algú anomenat Oscar Telmo Valero. A finals dels anys setanta, a l'Argentina devia sentir-se còmode, amb el Govern del criminal Videla i els seus sicaris, que pocs anys més tard serien acusats d'haver comès més de trenta mil assassinats durant els seus cinc anys al poder. Qui sap si allà no va poder continuar fent els seus experiments abominables. Perquè l'horror no és una cosa exclusiva dels nazis, sinó de l'espècie humana. L'horror no quedà enrere quan va morir Hitler, sinó que ha anat reapareixent sense parar en una part o altra del món. Després de l'horror dels nazis, va venir l'horror del Japó, i a la Xina, i a la Unió Soviètica, i al Vietnam, el Pakistan, Corea, Biafra, Cambodja, Bangla Desh, Etiòpia, l'Afganistan... i tants i tants desastres de primera pàgina que van conviure, conviuen i conviuran amb terrors que ja no surten als diaris perquè de tan quotidians han deixat de ser notícia.

El vell Valero li va clavar els ulls blaus i serens i li va preguntar, amb gran naturalitat, sense el més petit dramatisme:

–Saps que t'hauré de matar, oi, joveneta?

–Ai, no! –va protestar la Tilly, gemegaire.

–Per què m'ha de matar? –L'aplom de la Hanna començava a fluixejar. La veritat era que no havia considerat aquella possibilitat.– Té vuitanta anys, li queden molt pocs anys de vida...

–No vull que en Wiesenthal m'humiliï. No vull que ningú pugui repetir això mai més! –En dir «això», es va treure una bola de paper de la butxaca i la tirà sobre el cadafal de marbre.– Una esquela mortuòria! «Donem gràcies a Déu per la mort d'en Hans-Ludwig Grimpel,

Sturmbannführer de les Waffen-SS, criminal de guerra...» Sé qui ho ha fet! Aquell xueta, aquell jueu, aquell homínid anomenat Trongí! Va estar investigant la meva vida, seguint-me la pista, estava en contacte amb la confabulació internacional jueva i, la darrera vegada que vaig venir aquí, em va voler fer xantatge, el desgraciat! Em vaig limitar a donar-li un bon cop de bastó, però l'hauria hagut de matar! Ara sé on el puc trobar!

L'ancià treia flames pels ulls i va abaixar la veu:

–Ningú no embrutarà la meva memòria a l'hora de la mort, senyoreta. El meu bon nom va sobreviure Hitler, i després va sobreviure Franco, i ara ha sobreviscut aquell imbècil de Videla, que s'ha deixat empresonar. Moriré considerat un bon home, com el que sóc. Disciplinat, orgullós, viril, conseqüent amb els meus ideals, científic rigorós. –I va afegir, amb ferocitat:– Quan trobin el cadàver d'en Trongí, ningú gosarà mai més prendre el meu nom en va.

–Però nosaltres... –va dir la Hanna, una mica més tímida que abans– no l'hem volgut ofendre. Hem vingut aquí perquè vostè ho va demanar així. Cuidàvem el tresor...

–Això era missió d'en Lluc, no teva!

–És un nen. No podia fer-ho sol. I, a més, hem convençut els homes de Wiesenthal que vostè està mort. Gràcies a nosaltres, no el tornaran a buscar...

–I us ho agraeixo... –va dubtar un instant.

Va mirar la pistola que tenia a la mà i féu un gest amb el cap equivalent a «si no fos per això...».

Va ser en Lluc qui reaccionà. Deixà anar un xiscle, saltà contra ell i li va donar una empenta alhora que l'altre premia el gallet i sortia la bala. El vell Valero va caure i el contingut del cistell s'escampà per terra. L'espetec eixordador es va prolongar amb l'esclafit de la bala rebotant per les parets de pedra. Un resquill va obrir un triangle de sang al front de la Hanna, que va caure violentament d'esquena cap al fons del panteó. La Tilly es va posar de puntetes i xisclà. En Lluc, convençut que el tret havia encertat de ple el seu objectiu, es va incorporar i es tirà damunt la Hanna cridant-la pel nom.

Quan el vell Valero es va aixecar, somiquejava. S'havia deixat sorprendre per un nen! Li havien fallat les cames i estava segur d'haver errat el tret. Va ser com si acabés de constatar en aquell precís moment l'edat que tenia. S'havia fet mal en una espatlla. Tenia por d'haver-se trencat el braç. Va pujar de quatre grapes els sis esglaons, arrossegant el cabàs cap a l'exterior, cap a la llibertat, i els joves llops van anar a l'encontre del vell. L'ajudaren a alçar-se.

–S'ha fet mal, avi?

Abans que en Lluc o la Tilly aconseguissin reaccionar, algú va tancar la porta del panteó, *clanc!,* i s'apagà l'espelma, i es féu la foscor més absoluta, i de seguida se sentí el *catacrac!* de la clau vella en el pany vell.

Es va sentir la veu de la Tilly:

–Ai, per Déu, Hannelore, quin embolic!

3 COM UN BOIG

Corrent, suant i sense alè, en Mànnix va arribar a l'hotel Espléndido. Va estar a punt d'estavellar-se contra la porta de vidre d'obertura automàtica massa lenta i, com si viatgés amb skateboard, patinà sobre el mosaic repolit del vestíbul fins a aturar-se davant del taulell de recepció i davant del recepcionista.

–Vinc a veure els senyors Voss i Vartok –va comunicar.

La Tilly li havia dit com es deien. «Voss i Vartok, te'n recordaràs? Dues ves. Te'n recordaràs? Repeteix amb mi: Voss i Vartok.» No va ser gaire fàcil perquè, encara que la Tilly parlava el castellà raonablement bé, la seva pronunciació a vegades provocava confusions. Deia «Foss i Fartok», i en Mànnix: «Foss i Fartok? Dues ves?»

–Vartok, com el compositor...

–Ah! –entenia el noi finalment–: Bartok!

Però finalment ho va entendre.

–I Voss com... com Voss. Te'n recordaràs?

–Que sí, que sí!

–Repeteix amb mi...

–Que ja m'ho sé!

Quina dona més pesada. En Mànnix no oblidaria mai aquella doble ve. Voss i Vartok, a partir d'aquell moment, serien per a ell cognoms tan inseparables com Laurel i Hardy, Abbott i Costello, Menéndez i Pelayo o Indíbil i Mandoni.

–Voss i Vartok. Te'n recordaràs?

–Que sí! Voss i Vartok.

I el recepcionista:

–Voss i Vartok?

–Hi són? –en Mànnix ansiós, gairebé amb la llengua penjant.

–No –amb expressió equivalent a «És clar que no!».

–Com que no? On són?

–Se n'han anat.

–Ja m'imagino que se n'han anat! Però on han anat? On els puc trobar?

–Se n'han anat a l'aeroport. A casa seva. Al seu país.

–Què? –com si li haguessin clavat un cop de puny al ventre–. I fa molt que se n'han anat?

–Cinc minuts. Potser, encara els pots enxampar a l'aparcament.

Fiiiuuu!, vist i no vist, en Mànnix ja no era allí (però hi havia estat alguna vegada?). Patinava una altra vegada d'una punta a l'altra del vestíbul, havia de frenar en sec perquè la porta automàtica no s'obria prou de pressa, i es tirà als braços del porter. Recordava perfectament com era el cotxe dels Veivé.

–Dos americans! Voss i Vartok! Un Opel Kadett vermell! Se n'han anat fa cinc minuts!

–Efectivament!

–Se n'han anat?

–Efectivament.

–Fa cinc minuts?

–Efectivament.

–Merda! Taxi!

Però, eh, un moment, Mànnix! No tenia ni un duro per pagar el taxi!

Durant tot el trajecte, des d'Alcar fins a Olverola, la Tilly s'havia dedicat a multiplicar el sentiment de culpabilitat d'en Mànnix. De fet, la Tilly sabia molt poca cosa de la relació que unia els dos americans amb el vell Valero. Tot just el que li havia dit en Voss, el moreno, mentre ballaven un bolero. Que un germà de l'ancià havia mort i li havia deixat una herència formidable. Però va saber utilitzar aquestes poques dades amb tanta mestria, les guarní i les va magnificar tan bé, que en Mànnix havia arribat a Olverola profundament deprimit i ansiós. El pobre vell Valero, als seus vuitanta anys, tenia per primera vegada a la vida l'oportunitat de sortir de la misèria, potser l'oportunitat de pagar-se una operació a cor obert que li allargaria la vida deu anys (qui sap si vint), potser l'oportunitat de treure un fill de la presó, o de donar la volta al món. I, pel mal cap d'un mocós estúpid, per culpa d'una criaturada sense sentit, d'un adolescent que només volia enlluernar una noia per lligar-se-la, el pobre ancià es veia condemnat a l'infart imminent, a la misèria, a una vellesa sinistra amb un fill a la presó, o a renunciar a una volta al món que li pertanyia legítimament. És clar que el discurs inhumà de la Tilly tenia una contrapartida positiva (com a mínim, per un optimista nat com era en Mànnix): els mèrits de la reparació del desastre serien directament proporcionals a la magnitud del mateix desastre. De manera que si ell, ell solet, aconseguia el *happy end*, segur que tant la Tilly com la Hanna el mirarien, a partir d'aquell moment, com un heroi. Per això es llançà de cap a l'interior del taxi, decidit a qualsevol cosa per tal que els Veivé i el vell Valero s'acabessin trobant.

–Ei, escolti, no tinc ni un duro!

–Llavors, què hi fas dins d'un taxi!

–Miri, veurà...

–Això és com els telèfons públics. Si no hi ha duros, no hi ha servei.

–Escolti: és que m'han robat la cartera. –El primer que li va passar pel cap.– I hi portava cent mil duros!

–Caram!

–Li proposo un tracte. Si enxampem els lladres, li pago cinc vegades el que marqui el taxímetre.

–Home...

–Si no els enxampem, li dono el meu denaí i vostè no me'l torna fins que jo pagui. I, si no pago, em denuncia.

–Deixa'm veure el teu denaí.

Això sí que ho duia damunt.

–Miri.

El taxista va llegir cadascuna de les paraules del document, com si fos la primera vegada que en veia un d'igual. Mirà el noi, mirà una altra vegada el document, i va decidir que valia la pena arriscar-se.

–Cap on han anat els lladres?

–A l'aeroport! Van amb un Opel Kadett vermell!

–Això està fet!

El taxista ja no era jove. Calb, grassonet i mandrós ja per a segons quines coses, encara se li veien els braços forts i la mandíbula ferma, i conduïa com si li agradessin molt les pel·lícules americanes. Quan va sortir de la parada de taxis, va provocar frenades d'urgència i esgarips histèrics de protesta. De seguida es va ficar en el trànsit pausat d'Olverola i va començar a zigzaguejar com un boig entre cotxes que no tenien pressa. Semàfors en àmbar, vianants que feien salts enrere, crits d'alerta, xiscles d'espant, vehicles que s'enretiraven esgarrifats davant la possibilitat que el taxi se'ls tirés al damunt. La mà dreta anava frenètica del volant al canvi de marxes. Batzegades endavant i endarrere, grinyol de pneumàtics i de dents, revolts que n'hi havia per treure els budells per la boca.

I, de sobte, carretera principal, oberta, cap a Ciutat.

Com un boig.

Capítol vuitè

1 ENTERRATS

Al mateix temps que es tancava la porta, es va apagar l'espelma. I es va fer la foscor més absoluta.

–Hanna! Hanna! Digues alguna cosa!

–Què li passa a la Hannelore?

–Encengui el llum i ho sabrem!

–On és el llum?

–L'espelma! Damunt el marbre! Apa! Hanna! Hanna!

–Em cauran els mistos!

–Si li cau un sol misto, la deixaré tancada aquí dins per sempre més!

Se sentia la remor de sonall de la capsa de mistos en mans tremoloses.

–Hanna! Hanna! Digues alguna cosa!

–Caaasa meeeva, telèeefon...

–Eh, Hanna!

–Ah, m'ha caigut un misto!

–Caaasa meeeva, telèeefon...

–Com estàs, Hanna? Ets capaç de dir alguna cosa que no sigui: «Caaasa meeeva, telèeefon...»?

–Sí! Em fa mal el cap! I em surt sang!

Xasc! Es va encendre un misto, i el misto calà foc al ble de l'espelma, i la llum es reflectí en un front cobert de sang. La cara de la Hanna era una màscara vermella on parpellejaven els seus ullets deliciosos.

–Hannelore, per l'amor de Déu!

–Què passa? Què tinc?

–Que què tens?

En Lluc va reaccionar a temps:

–No tens res, no t'espantis! Només és sang! Un forat al front, però sembla que no és greu! –parlava com una persona gran.

–Que no és greu? Déu meu, diu que no és greu! –deia la Tilly, que parlava com un nen. I després:– Ens han tancat en un panteó, i em sembla que aquí dins hi ha un mort!

La Hanna es treia la brusa tacada de sang i s'hi netejava la cara, es fregava els ulls, que havien de parpellejar perquè la sang no els encegués, i se l'aplicava com a apòsit sobre la ferida del front.

–No ha estat res –deia, panteixant–. Només una rascada. No ha estat res.

–Que no ha estat res? Ens han tancat!

–*Caaasa meeeva* –van exclamar en Lluc i la Hanna a cor, mig burletes mig horroritzats–, *telèeefon...*

–Que us heu tornat bojos? –va preguntar la Tilly amb sincera curiositat, perquè havia sentit dir que la por pot produir efectes inesperats, com cabells blancs, bogeria sobtada i coses per l'estil–. No podem sortir d'aquí! –Estava histèrica. Es movia com si estigués a punt de pixar-se a sobre.– Escolteu! Ja sé el que farem! Cridarem molt fort! *Aaaaaaaaah!*

–Sisplau, Tilly! Que em fa mal el cap!

–No serveix de res cridar! No la sentirà ningú!

–Però, que no hi ha cap guarda en aquest cementiri? Que no mor ningú en aquest poble?

–És el cementiri vell. Se'ls va fer petit. Els morts d'ara, els porten al cementiri nou... –A en Lluc se li anava esquerdant la integritat. La por l'anava minant, un cop tranquil·litzat respecte a la salut de la Hanna. Li tremolaven les vocals.– Et trobes bé, Hanna?

–Sí, sí, no us preocupeu...

Tots tres s'acostaren a palpar la porta. Van comprovar que no podia ser més sòlida, ni més inamovible, ni podia estar més tancada, i llavors la foscor es va fer més fosca, i l'espelma es va fer més curta, i el sostre més baix, i el taüt deslluït començà a fer pudor.

–Ai, Déu meu...

Panteixaven tots tres de forma audible.

–Que no p'estengui el sànic.

–Què?

–Que no s'estengui el pànic.

–Ah.

–Què hi ha aquí? Què és això?

–Què has vist?

–He tocat amb el peu...

–Acosta l'espelma.

El vell Valero havia caigut i s'havia escampat per terra part del contingut del seu cistell. I havia sortit de quatre grapes, precipitadament, arrossegant el cistell de qualsevol manera.

–Les espases! Una maraca!

Aquella mena de llauna de conserves amb mànec a la base.

–No és una maraca. És una bomba de mà.

–Com funciona això, com funciona?

–Espera, espera, no la toquis!

–Que explotarà!

–Compte! Dóna-me-la, Lluc! Que me la donis, Lluc!

–Oh, caaasa meeeva, telèeefon...

Silenci de respiracions profundes mentre la Hanna manipulava l'artefacte. L'estudiava del dret i del revés. A l'extrem del mànec hi havia un tap de baquelita. El va descargolar i posà al descobert una anella blanca.

–Compte, Hannelore. Què fas? Si això explota aquí dins, no sobreviurem.

–Haurem de córrer el risc.

–Què?

–Que haurem de córrer el risc.

–No, no, espera, no...

–Vols sortir d'aquí, sí o no?

–Sí!

–Doncs apa... Ajuda'm.

–Què fas?

El nínxol ocupat. La Hanna, sense manies aparents, va agafar la tapa del taüt amb totes dues mans i l'estirà. Feia anys que la caixa hi era i el temps i els canvis de temperatura l'havien desballestat. Amb un cruixit esgarrifós, la Hanna aconseguí arrencar la tapa. L'entregà a la Tilly i a en Lluc i, en aquell moment, la Tilly i en Lluc li captaren la crispació, l'obcecació, el pànic animal. Li brillaven els ulls amb llàgrimes gelades. Semblava malalta, com a punt de tenir un col·lapse. Es va tombar una altra vegada cap al taüt i, sense aturar-s'ho a pensar, agafà la placa lateral que se li oferia i l'estirà amb fermesa. Nou cruixit eixordador i quedaren al descobert ossos i parracs. Un crani, un costellam, un cadàver fosc.

La Tilly va fer un lleugeríssim «aah» que amenaçava amb esdevenir etern.

La Hanna i en Lluc també feien un «aaah», però íntim i inaudible.

–Ajudeu-me. Amb això farem una barricada. Tu, Tilly, et posaràs aquí...

–Dins el nínxol?

–Dins el nínxol, sí. Tu en aquest i en Lluc i jo en aquell...

–Caaasa meeeva, telèeefon...
–Sola en el nínxol?
–Sola, en el nínxol, perquè no hi cabem tres en un nínxol!
–Jo no em fico sola en un nínxol per a morts! I tant que hi cabem tots tres en un nínxol! Ja t'ensenyaré com hi cabem tots tres!
–Bé, està bé! Som-hi!
–Per l'amor de Déu! Això és un nínxol! Ens estem ficant en un nínxol de morts!
–Ja saps com funciona això, ja saps com funciona això, ja saps com funciona?
–M'imagino que aquesta anella deu ser l'espoleta.
–T'ho imagines? No t'ho pots imaginar! N'has d'estar segura! N'has d'estar segura!
–No puc estar-ne segura!
–Caaasa meeeva, telèeefon...
–Preparats. Agafeu bé les fustes i, quan tiri la bomba, les aixequem, que facin de parapet per protegir-nos de l'explosió... Preparats?
–No ploris, Tilly!
–Per què no he de plorar? Tu també estàs plorant!
–Tots plorem, però és igual! Que plori qui vulgui! Acosteu-vos bé! –Tots tres atapeïts dins el nínxol, agafant les plaques amb les puntes dels dits, tots tres convulsos i sanglotant.– Atenció! Que arrenco l'espoleta!
Va estirar l'anella blanca i va seguir un cordó...
–Ai!
–Tiro la bomba! Aixequeu la placa, aixequeu la placa!
La bomba havia d'anar a parar entre el cadafal i la porta. D'aquesta manera, la mola de marbre els protegiria de l'explosió.
Si és que hi havia explosió.

La bomba va anar a parar damunt el cadafal, massa a prop de la Hanna, gairebé a l'abast de la seva mà.

–Aquesta bomba no funciona. No pot funcionar. Està caducada.

–Has mirat la data de caducitat?

–Caaasa meeeva, telèeefon...

El cadafal devia tenir una petita inclinació. La bomba cilíndrica va rodolar, xocà amb l'espelma encesa, va fer caure l'espelma a terra...

–Això no funciona. Sortim?...

I la bomba va caure fent un soroll inofensiu. *Ploc!*

–Bé. Si no ha explotat ara, això ja no ex...

...!!!

Explosió.

2 ENXAMPA EL LLADRE

Oh, Déu meu, aquell camió, i la línia contínua de la carretera, i la falta de visibilitat, i aquell boig suïcida ben decidit a efectuar l'avançament, i aquell boig suïcida que ja avançava, i sort que no venia cap vehicle en sentit contrari, que si no... *Sí que en venia un en sentit contrari!* Cop de volant, ara els aixafaria el camió! No: el camió protestava amb un mugit que arrugava l'epidermis, que eriçava els cabells i que trastornava el ritme cardíac.

–I són gaire forts, els lladres?

–Què?

–Els lladres. Si són gaire forts.

–Quins lladres?

–Els que perseguim!

–Ah, sí, és clar!

–Són gaire forts? Són perillosos?

–No, no gaire. –Si li deia que sí, el taxista era capaç de parar i fer mitja volta.– Em sembla que no.

–Que malparits! El que s'ha de fer és espantar-los, d'entrada. Ben espantats, que quedin paralitzats. Si es pensen que som perillosos, no ens faran res. Aquesta gentussa acostuma a ser covarda...

A en Mànnix el preocupaven una mica aquests comentaris. No sabia què era exactament el que presagiaven.

Tot d'una, allí hi havia l'Opel Kadett vermell.

–És aquest cotxe?

–Em sembla que sí, sí.

–És aquest o no.

–Ho sembla.

–Mira'ls bé quan els avancem!

Encara que circulava a certa velocitat, l'Opel Kadett semblava aturat enmig de la carretera. Contra el que divulguen les pel·lícules de Hollywood, els conductors d'Estats Units són molt prudents a la carretera. I més encara si viatgen en un vehicle amb canvi de marxes manual.

El taxi s'hi va tirar al damunt com l'àguila es precipita damunt les ovelles de la vall. Semblava que se l'anés a menjar. A l'últim microsegon, féu una batzegada, l'avançà i s'hi va posar al costat.

–Són ells o no? –va preguntar el taxista.

I tant!

–Sí! –va dir en Mànnix.

Es disposava a dedicar-los una salutació simpàtica, «eh, hola, se'n recorden de mi?», però el taxista va clavar un dels seus cops de volant famosos, que regiraven l'estómac, i el taxi va barrar el pas a l'Opel Kadett, que l'esquivà per centímetres i sortí de la carretera per acabar amb el morro en un camp d'alfals.

En Mànnix ja cridava:

–Eh, eh, eh, escolti, què fa?!

No el va sentir ningú. No el va escoltar ningú. El taxista saltà del taxi esgrimint una barra de ferro terrorífica i, abans que els Veivé poguessin baixar de l'Opel i al crit de «la primera cosa, un bon ensurtt!», es va posar a destrossar els vidres del cotxe un a un. *Crash, crash, crash!*

–Torneu-li la cartera, torneu-li la cartera!

–Eh!, però que s'ha tornat boig? –deien els Veivé, enfurismats–. *Hey, man! Are you crazy?*

Una de les portes de l'Opel Kadett es va obrir de cop, va encertar de ple el taxista i el va llançar a terra. El Ve ros, Jan Vartok, sortí catapultat i, dos segons més tard, tenia immobilitzat el pobre taxista i ja enarborava un puny enorme, disposat a desfigurar-lo minuciosament.

–No, no, no, no, no, no, no! –quequejava en Mànnix, frenètic–. No ho faci! És innocent!

El Ve moreno, Eli Voss, carregava un pistolot i encanonava, agafant-lo amb totes dues mans, la templa del taxista, a punt per fer-li volar el cervell.

El taxista, ferm fins al final, repetia:

–Torneu-li la cartera, malparits!

I en Mànnix:

–Que el vell Valero és a Olverola, que el vell Valero és a Olverola!

El Ve Vartok s'havia quedat immòbil, amb el puny alçat, com la pobra Cinta davant un mal trago. El Ve Voss mirà el noi amb un cop de cap ràpid.

–El vell Valero?

En Mànnix somreia per donar-los a entendre que no passava res.

–Sóc en Mànnix, de l'hotel Marblau... Se'n recorden, de mi?

Se'n recordaven. No entenien res encara, però el recordaven.

–Vell Valero?

El taxista repetia, una mica dolgut:

–Que no eren gaire forts, eh? «No, no gaire», diu el noi...

–El vell Valero no és mort. Va ser una broma. És a Olverola.

–Què?

–El vell Valero no és mort. Va ser una broma. És a Olverola.

–Torneu-li la cartera, malparits.

–Però què diu de la cartera?

–No li facin cas! –En Mànnix estava exultant. S'estava sortint amb la seva!– Hem d'anar a Olverola!

Van deixar el taxista. Que ara era qui no entenia res. No podia apartar la vista del pistolot d'en Voss. I l'obsessionava l'interès i la familiaritat amb què dialogaven els lladres i la víctima.

–Però són amics?

En Mànnix va recordar les seves promeses.

–Ah, sí. Que li he dit que li pagaria cinc vegades el que marqués el taxímetre. –Es va explicar, incoherent:– És que no tinc diners!

–I quan no tens diners promets pagar cinc vegades el preu de les coses? –es va estranyar el Ve Vartok, mentre es treia la cartera–. Arribaràs lluny, noi.

Va donar al taxista cinc bitllets de vint dòlars. Deu vegades el preu que marcava el taxímetre!

Van agafar en Mànnix pel braç i l'arrossegaren fins a l'atrotinat Opel Kadett.

–Bé... Són molt generosos, però... –comentava el taxista, condescendent, pensant que no acceptaria els diners si abans no li demanaven perdó.

Si va dir res més, no el van sentir perquè ja eren a l'Opel, maniobraven, tornaven a la carretera i es perdien en direcció a Olverola.

–El vell Grimpel a Olverola!

–No, no. No m'han entès bé... He dit el vell Valero.

–I de segur que ha vist els cartells que en Trongí ha enganxat per tot el poble!

–Cartells? En Trongí?

–Vols dir que ha endevinat que ha estat en Trongí el dels cartells?

–Qui més tenia aquelles dades? En Trongí és l'enemic mortal d'en Grimpel a Olverola! Un jueu!

En Mànnix es començava a preocupar. Ai, que tot era una confusió. Que ell no havia dit res de cartells ni de vells Grimpels.

–En Trongí havia ensenyat tots els documents a en Grimpel...

–...I en Grimpel li va donar el cop de bastó...

–I també els va ensenyar a en Batalló, el del *Soleil-Sun*.

–Més val que anem a avisar en Trongí. Tenia una caseta en una platja, oi?

–Sí...

–Recordes com es deia la platja? Te'n recordes, de com s'hi arribava?

3 SALVEM EN TRONGÍ

La façana es va desintegrar, la porta de ferro sortí disparada com una bala de canó, el sostre es va enfonsar i l'àngel somrient va perdre el peu i caigué de costat. Després del terrabastall, la porta picà contra un parell de làpides amb un *bling-blang* musical i metàl·lic i es féu el silenci.

L'espetec i la catàstrofe consegüent havien tallat en sec els plors i els sanglots. Ni en Lluc ni la Tilly ni la Hanna van plorar mentre enretiraven runa per obrir-se pas, mentre aspiraven a ple pulmó l'aire fresc d'un dia tan assolellat, mentre emergien amb dificultats del nínxol que els havia protegit. No ploraven mentre avançaven damunt la runa, tentinejant i ajudant-se amb les mans.

Però tan bon punt es van veure a cinc metres de les restes del sepulcre, deixaren anar una ploradissa cabalosa i desesperada, tots tres abraçats, asseguts a terra, exhausts, estirats a terra, un ruixat de llàgrimes que els deshidratà i els va netejar l'ànima.

Després, tirant els mocs amunt, sanglotant, van prendre consciència del seu estat lamentable. La més atrotinada era la Hanna. La sang i la pols havien format una pasta que havia estroncat la sang de la rascada i li emmascaraven la cara i les espatlles. A més, havia perdut la brusa i tenia els pits enlaire.

–Hannelore! –va xisclar la Tilly–. Quantes vegades t'he de dir que facis servir sostenidors! Mira quin espectacle estàs oferint ara!

–Oh, no es preocupi, senyora –va dir en Lluc, sense immutar-se i sense poder apartar la vista dels mugrons de la Hanna–. Estic acostumat a veure pits... –No obstant, semblava a punt de desmaiar-se.

–Apa, apa, deixa-li la camisa...!

A la Hanna, la camisa d'en Lluc li anava petita i no se la podia cordar, però es va fer un nus amb les puntes dels faldons i com a mínim aconseguí donar una imatge que no ofengués en excés les ments benpensants.

La fila que feien en Lluc i la Tilly tampoc era gaire tranquil·litzadora. La roba esquinçada i bruta, els cabells llardosos per la barreja de pols i suor, i regalims de llàgrimes a les galtes.

–Bé... –va dir la Tilly, com qui dóna per acabat un malson.

–Hem d'anar a salvar en Trongí! –va exclamar la Hanna amb inesperada urgència. «Quan trobin el cadàver d'en Trongí...», havia dit el vell Valero.

–Què?

Havien parlat en alemany i la Hanna hagué de repetir-ho en castellà per a en Lluc, que no ho havia entès.

–Que hem d'anar a salvar en Trongí! Que aquells animals li van al darrere!

–És clar!

La Tilly xiuxiuejava:

–Però, però, però... –En alemany:– *Aber..., aber...*

La van empènyer cap al volant del Seat Ibiza i li ordenaren que anés as Port d'Olverola. La Hanna pensava en la botiga d'en Galdós. Era l'únic lloc on se li acudia anar a buscar el xueta.

–Però, escolteu, no hauríem d'anar a avisar la policia primer?

–No tenim temps! Aquells animals ja hi deuen ser, ja deuen haver enxampat en Trongí! Ja el deuen haver matat!

–Llavors, per què correm tant?

–Apa, Tilly! No siguis bèstia!

Van arribar a la carretera principal que uneix Olverola amb es Port i vorejaren la via del tramvia en direcció a la costa.

–Corre, Tilly, corre!

Si en Trongí era a casa d'en Galdós (pensava la Hanna amb desànim), ja no arribarien a temps de salvar-lo perquè el vell Valero hi devia haver anat directament. Però la Hanna volia pensar que encara tenien l'oportunitat de fer alguna cosa i les ganes de tenir esperances l'ajudaren a concebre esperances, i això li va recordar...

–Em van dir que tenia una caseta en una platja de per aquí, una platja una mica allunyada...

–La Cantelluda! –va dir en Lluc–. És veritat. I hi té una barca i tot.

Amb prou feines fou una espurna d'il·lusió. I si en Trongí era a la casa de la platja? Era més lògic, donat que se suposava que hi vivia. Encara que el vell Valero conegués l'existència d'aquell refugi, era probable que no hi hagués arribat encara, i potser hi havia alguna manera d'advertir en Trongí de la seva imminent arribada.

Es van aturar al costat de la botiga d'en Galdós. Era al centre del poble, i des d'allà podrien telefonar a la guàrdia civil.

No hi havia ambulàncies a la porta de la botiga de ceràmica. Ni policia, ni ferits, ni grups de curiosos destorbant el trànsit.

–No han vingut –van deduir–. L'han anat a buscar directament a la caseta de la platja.

–Des d'aquí trucarem a la policia i ells s'encarregaran de tot –va resoldre la Tilly–. I t'has de curar la ferida del front, Hannelore. Te l'has de desinfectar.

Va aparcar el Seat Ibiza en una zona prohibida, baixà i obrí la porta del costat de la Hanna amb gest imperatiu. Tenia raó. A més, la Hanna tenia ganes de parlar amb en Galdós, de comunicar-li el perill que corria el seu amic Trongí. No li agradava que aquell home desagradable s'inhibís de tot. No li agradava que hagués protegit l'assassí de la seva filla a canvi d'uns terrenys i d'un benefici de vint milions, i creia que ara havia de compensar els seus errors amb un acte d'heroisme, o alguna cosa per l'estil.

A la vorera, sota el tendal, hi havia tota l'exposició d'objectes de ceràmica, artesania antiga i moderna, càntirs i gerros i menjadores de pollastres, però la botiga semblava que estava tancada. La reixa de ferro, de tisora, deixava una obertura mínima a la dreta. En Lluc corria davant. La Hanna va fer un moviment de reculada. La Tilly l'obligà a continuar caminant, agafant-la pel braç.

–Apa, apa, que t'ho has de curar!

No hi havia perill, oi? En Trongí era a la caseta de la platja, oi? I aquells animals no s'atrevirien a fer res allà, enmig del poble, en un carrer ple a vessar de turistes curiosos. Oi?

La botiga estava més a les fosques que aquell matí i, amb prou feines havien entrat un parell de passes, se'ls va fer evident que havien ficat la pota. Atuells destrossats per terra, les soles de les sabates feien *crec-crec* damunt les restes d'una catàstrofe universal. I presències fantasmals a la sala del fons, al final del laberint de prestatges on hi havia el torn. Gent i radiacions amenaçadores, odioses.

I l'empenta que va rebre la Hanna per l'esquena, de sorpresa.

–Cap dins! Eh, mireu qui tenim aquí! Han tornat de la tomba!

En Ramon Galdós era a terra, fet un quatre, cobrintse el cap amb el braços. L'havien apallissat. Havia pagat pels seus errors.

El vell Valero estava assegut en una cadira de braços de vímet, una mena de tron amb respatller espectacular. Era qui irradiava més odi. Encès com una flama, el bigoti eriçat, i els cabells blancs, despentinats, eren esclats de neu en la foscor. Els joves llops irradiaven estupidesa. Eren sacs de músculs endurits, amb mirades opaques, enterbolides per la cervesa de les ampolles de litre que tenien a les mans. Hi havia el camisa blava, fill d'en Batalló, i els altres que la Hanna havia vist enganxant cartells al carrer i carregant tresors al panteó.

Va pensar que eren monstres sense ànima, i que estaven orgullosos de ser-ho perquè mai no havien volgut ser una altra cosa.

I anaven borratxos.

I tots li miraven els pits amb mirada calculadora de qui no sap si ha d'acceptar un regal amb entusiasme o amb desdeny.

4 MASSA TARD

Hauria estat absurd anar directament a la Cantelluda, havent de passar pel centre des Port, sense aturar-se a la botiga de ceràmica d'en Galdós. Era notori que en Galdós i en Trongí eren amics i que el segon passava moltes nits a la botiga, sobretot després d'haver-se excedit en la beguda.

Els Veivé hi havien estat el dia anterior, quan a l'ingenu d'en Trongí li havia passat pel cap d'oferir a en Narcís Batalló les proves que desemmascaraven en Grimpel. A qui li podia passar pel cap anar a veure en Batalló, aquell fracassat, covard i pusil·lànime!

–Se suposava que érem *progres* –havia objectat en Trongí–. Tots dos havíem protestat contra el Franco en les èpoques més dures. Havíem anat a manifestacions i tot això... I, per a ell, era el negoci de la seva vida, l'oportunitat de convertir el *Soleil-Sun* en una publicació famosa...

Era patètic. Els Veivé se n'havien compadit i li havien finançat la impressió d'aquella gran esquela mortuòria: «Donem gràcies a Déu per la mort de Hans-Ludwig Grimpel...»

Es van aturar al costat de la botiga de ceràmica, precisament rere el Seat Ibiza de la Tilly i, com la Hanna, detectaren senyals d'alarma. Només que la Hanna era una adolescent desprevinguda, empesa per una Tilly superior en edat i autoritat, que únicament havia tingut la intuïció de perill. Els Veivé, en canvi, eren agents del servei secret israelià, tots dos expolicies nord-americans, i estaven acostumats a observar, analitzar i reaccionar amb eficàcia i contundència a la mínima sospita.

Els va cridar l'atenció que la reixa de la botiga estigués tancada havent-hi la mercaderia de ceràmica exposada a la vorera. Qualsevol delinqüent es podia apoderar d'un d'aquells objectes (o de dos, o de deu, o de la totalitat), carregar-los en una furgoneta i fugir abans que l'amo pogués obrir la reixa per emprendre la persecució. Van pensar que en Galdós mai no s'exposaria a una cosa semblant sense tenir motius molt seriosos per fer-ho. I quins motius seriosos podien ser aquests? La presència d'en Grimpel pels voltants i l'estreta relació d'en Galdós amb en Trongí van dirigir, a partir d'aquell instant, el comportament dels Veivé.

Havien estat a l'interior de la botiga d'en Galdós i sabien que hi havia un pati al darrere i sabien on estava situat exactament, de manera que van entrar a l'establiment del costat (un restaurant) i, amb una energia i una agressivitat que no deixaven lloc a rèpliques, aconseguiren arribar a la terrassa del fons, coberta per un emparrat, on es podia menjar a l'aire lliure lluny del soroll del carrer. Acabava de passar l'hora de dinar i hi quedaven uns quants comensals gansoners fent el cafè i la copa.

L'Eli Voss es va enfilar en una de les taules buides, amb gran sorpresa de tothom, i, sense fer cas dels «esperi, esperi, què fa, on va» i amb molta precaució, s'enfilà al mur que separava aquella terrassa del pati posterior del ceramista i va saltar a l'altra banda. En Jan Vartok el va seguir, ignorant completament la presència dels qui li reclamaven explicacions. Els policies sempre prioritzen la seguretat i l'eficàcia al sentit del ridícul.

En Mànnix anava darrere d'ells, però no imposava tant respecte i a ell sí que es van atrevir a atrapar-lo pel clatell.

–Ep, un moment, para el carro!

–És que vaig amb ells!

–I qui són ells?

–Bé, no sé... –Era veritat que no ho sabia amb exactitud: gent que busca ancians per donar-los herències?

–I tu qui ets? Què us heu pensat? Que podeu entrar a qualsevol lloc i posar-vos a saltar parets com si estiguéssiu a casa vostra?

–Jo no he saltat cap paret...

Tant era:

–Trucarem a la guàrdia civil.

–No, no, escolti... –Oh, quin embolic!

Van trucar a la guàrdia civil.

Un cop al pati d'en Galdós, ajupits i pistoles en mà, els Veivé van córrer a situar-se un a cada costat de la porta envidriada que donava al taller. I, després de prendre's un moment de respir, d'intercanviar una mirada d'avís i de comptar fins a tres, *blam!*, l'Eli Voss, el moreno, va etzibar un cop de peu a la porta, que s'obrí amb estrèpit cap a l'interior escampant vidres en totes direccions, i retrocedint d'immediat per recuperar l'equilibri i per deixar pas a un Jan Vartok ferotge i implacable que va irrompre a la botiga fosca amb l'arma carregada, buscant un objectiu contra el qual disparar.

Havien arribat massa tard.

El vell Valero havia bordat, en veure's davant la Hanna, la Tilly i en Lluc:

–Aquest bord m'ha trencat un braç! I aquestes... –no sabia com dir-ho– *Scheisse, diese Weiber* ja m'han fastiguejat prou! Peleu-los! És el que es mereixen!

–Què voleu fer? –va etzibar llavors la Hanna, en espanyol, als joves llops, que ja es feien il·lusions–. Ens voleu matar? Primer ens violareu i després ens matareu a tots? A dues dones, un nen i aquest home? I després a en Trongí, quan vingui? I a qui més? Us penseu muntar el vostre petit holocaust ara, aquí, en un moment? I després què fareu? Ens esquarterareu i ens cremareu un per un en aquell forn? Que sou burros? Per què ho heu de fer? Per què us heu de jugar no sé quants anys de presó? Perquè ho diu aquest vell boig? –La por la inspirava, li donava coratge, arguments i serenitat. Els joves salvatges van fer un sol pas endavant abans de xocar contra la realitat i quedar paralitzats per la lògica.– Per què ho han de fer, *mein Sturmbannführer*? Perquè els ho mana vostè? –Això ho va escopir en alemany a la cara d'en Hans-Ludwig Grimpel, especialment dedicat a ell (*Warum sollten sie es tun, mein Sturmbannführer?*

Weil Sie es ihnen befehlen?), però de seguida va tornar al castellà perquè la comprenguessin els que eren potencialment més perillosos:– Per què ho heu de fer? Perquè ell ho mana? I qui és ell? N'hi ha prou que digui una paraula perquè us convertiu en assassins? Per què? Per defensar què? El seu honor, la seva paraula? El seu què? Què voleu, vosaltres cinc, ara mateix? Fundar el Quart Reich, aquí, ara? Aquest vell no és Déu. Ni és un mag. Només és un vell boig, desgraciat, paranoic i fracassat. –I en alemany, perquè li quedés ben clar al vell Valero:– *Schliesslich sind Sie nicht Gott. Und auch kein Zauberer. Sie sind eine verkrachte Existenz, ein verrückter, paranoider, alter Mann*. I Hitler tampoc era un déu, ni un mag, i no ho eren Franco, ni Stalin, ni Videla... Eren bojos desgraciats com vostè, només que van saber dir les paraules adients en el moment oportú. I ara no és el moment oportú, *mein herr*. Hitler va ser derrotat, Stalin és mort, Franco és mort, en Videla està empresonat i els socialistes han guanyat les darreres eleccions en aquest país. No és el millor moment ni el millor lloc per fundar el Quart Reich, *Sturmbannführer* Grimpel.

Una cosa així acabava de dir la Hanna, en el seu castellà matusser i trabucat però desimbolt, quan la porta del pati del darrere va saltar a miques i dos gegants musculats armats amb pistoles van aparèixer vociferant en anglès i disposats a volar el cervell del primer que piulés.

Era massa tard: la Hanna ja feia estona que tenia controlada la situació.

Els joves llops no van dubtar ni un instant. Van sortir corrent, empenyent-se, entrebancant-se amb els prestatges, tombant atuells i xocant amb estrèpit contra la reixa plegable que els separava del carrer.

Mentrestant, un parell de cambrers irritats havien arrossegat en Mànnix fora del restaurant i estaven esperant l'arribada de la policia. Els va sorprendre veure que, de la botiga de ceràmica, sortien, espantats, els quatre adolescents. Trasmudats pel terror, ja no semblaven llobatons sinó aprenents de bruixot que haguessin invocat un dimoni molt més horrorós del que s'imaginaven.

–Què hi deu passar allà dins?

En Hans-Ludwig Grimpel, àlies Helmut Rheinwaldt, àlies Oscar Telmo Valero, va mirar els homes d'en Wiesenthal amb ulls desconsolats, amb l'ànima, la dignitat i la supèrbia destrossades.

–No hauríeu de tractar així una persona de la meva edat –va dir, amb el sanglot a flor de llavi–. *Einen alten Mann wie mich solltet ihr nicht so behandeln.*

–Tal faràs tal trobaràs, avi –li va dir en Jan Vartok, també en alemany, gairebé compassiu–. El respecte s'ha de guanyar. I per a vostè ja és massa tard –va repetir en anglès–: *For you, it's too late.*

–No m'apunti amb aquesta pistola –va suplicar l'ancià, reprimint el plor amb penes i treballs.

En Jan Vartok, somrient i despietat, es va ajupir per dir-li a cau d'orella el que de bona gana faria amb aquella pistola si no hagués rebut l'educació que li havien donat els seus pares. I el vell Grimpel es va posar a plorar.

La Hanna va haver de fer un esforç perquè aquell criminal no li fes pena.

5 ELS BRAÇOS DE L'HEROI

Després va arribar la guàrdia civil i un parell d'agents s'entrevistaren amb un Ramon Galdós malparat que tenia la cara inflada, plena de blaus i ensangonada pels cops. I, de seguida, dos funcionaris del consolat d'Israel acompanyats d'un funcionari espanyol que semblava manar molt.

–Què ha passat? –preguntaven el veïns–. Però què ha passat?

–Que aquests nois han apallissat en Galdós.

–I els que han entrat pel pati de darrere?

–Ah, aquells res.

–Com que res? I, llavors, aquest noi?

El noi, en Mànnix, somreia i repetia que no hi tenia res a veure, que només passava per allà i s'hi havia acostat per curiositat. No sabia qui eren els americans saltaparets ni els joves de camises blaves ni havia visitat mai la botiga de ceràmica d'en Galdós. Se l'hagueren de creure, és clar, entre altres coses perquè era un problema si no se'l creien, i deixaren d'agafar-lo pel clatell.

Un cop lliure, va passar que no sabia què fer ni on anar. No li venia massa de gust treure el cap a l'interior de la botiga d'on sortien camises blaves feixistes i pobres homes apallissats. Però quin remei. No tenia diners per tornar a l'hotel. No sabia què fer.

Hi va entrar cautelosament, va preguntar tímidament «Hola, que hi ha algú?», i els peus li feren *crec-crec* damunt les restes de ceràmica polvoritzada.

–Ehem ehem. Que hi ha algú?

Va veure la Hanna.

–Hannelore!

–Mànnix!

La noia duia un pegat voluminós al front, tenia els cabells lligats en una cua, s'havia rentat una mica i estava més maca que mai, amb aquella camisa que li anava tan i tan petita.

–Què hi fas aquí? –va preguntar la noia, desconcertada.

Li hauria agradat pensar que hi era per ella, per salvar-la de les urpes de la llopada negra. Li hauria agradat que l'hagués salvat, que hagués irromput a la botiga de ceràmica i que se les hagués tingut a cops de puny amb els camises blaves. Tota heroïna necessita un heroi a qui abraçar-se al final de la seva peripècia. Però les coses no són mai com ens agradaria que fossin.

En Mànnix pensava: «Ostres, si sap que he anat a buscar aquests gàngsters que ella volia enviar tan lluny, si sap que els he dut aquí...» I va respondre:

–Res... Passava per aquí...

No sabia què dir. Se li va acudir que potser ella havia passat perill dins d'aquella botiga (l'apòsit al front!), presonera dels camises blaves feixistes, i que potser hi podia haver entrat i haver-la salvat a cops de puny. Però no ho havia fet i ja no pagava la pena parlar del tema.

–Passava per aquí, he vist que hi havia xivarri i...

–Ah.

–La Tilly t'estava buscant.

–Sí. Ja.

Però (pensava la Hanna), per què necessitava precisament un heroi que l'acollís als seus braços? Per què no podia abraçar-se a un noi normal i corrent, tímid, simpàtic i amb acne? Ho estava desitjant. Després de dies i dies de sentir-se refractària a qualsevol contacte físic amb en Mànnix, ara el necessitava. Necessitava una abraçada, uns copets a l'esquena, un petó que li tragués l'ensurt que encara duia al damunt. I ni la Tilly ni en Lluc no podien fer-li aquella mena d'abraçada, aquella mena de copets ni aquella mena de petó.

–La Tilly us buscava, a tu i en Lluc.

–Sí, sí. Ja, ja. Ja ens hem trobat.

«Oh, no! Llavors li deu haver dit que he anat darrere els gàngsters americans...!»

–Què t'ha passat al front?

«És molt llarg d'explicar.»

–Res, res. Escolta, Mànnix... –Ara, volia dir-li alguna cosa important. Alguna cosa de l'estil de «has ficat la pota fins dalt de tot, no et vull tornar a veure mai més».

–No, espera, Hannelore. És que, em sap greu, però t'he d'explicar una cosa...

De l'interior de la botiga sortien la Tilly i en Lluc, el fill dels amos de l'hotel Marblau, i tots semblaven igualment cansats i malparats. En aquell moment, a en Mànnix li va passar pel cap que tot era per culpa seva. Havien entrat els Veivé i els havien apallissat. Començant per la Hannelore. Era això!

–Ah, Mànnix! –va exclamar la Tilly–. Has estat tu qui ha dut els americans?

–Jo? No, senyora! Quan he arribat a l'hotel, ja eren...

A la Hanna se li il·luminaren els ulls.

–Ha estat ell qui ha portat els americans? –Amb moltíssima il·lusió–: *Has estat tu qui ha portat els americans?*

En Mànnix es va empassar la saliva. No semblava que li ho estiguessin recriminant.

–Bé... Sí i no... No exactament, però...

–Mànnix!

La Hanna es va llançar als braços de l'heroi. És clar que no era imprescindible que els braços que l'acollissin fossin heroics, però si, a més a més, ho eren, no pensava resistir-se ni un segon més.

En Mànnix es va quedar de pedra. Es convertí en Cinta. Els ulls meravellats.

La Tilly li somreia. Fins i tot en Lluc li somreia. Pel que es veu, tenia molt mèrit el que havia fet.

–Bé, no els he dut, han vingut amb el seu cotxe, però la veritat és que m'ha costat força convèncer-los. Ja se n'anaven cap a l'aeroport, i no tenia diners per perseguir-los, però he segrestat un taxi i...

–Persecució amb cotxe? –va preguntar la Hanna en el to que hauria fet servir per assegurar-se que parlava amb en Superman.

I ell va confirmar, molt orgullós de dir la veritat:

–Persecució amb cotxe.

Bé, allò ja era el súmmum. La Hanna li va fer un petó. El va besar de tal manera que la Tilly, una mica violenta, es va veure obligada a dir:

–Hannelore, sisplau, que hi ha nens.

–Oh, no es preocupi per mi, senyora –es va afanyar a dir en Lluc, home de món–. Estic acostumat a veure persones que es fan petons.

Més tard va arribar en Trongí, tentinejant, somrient i feliç. Havia begut per celebrar amb tota mena de luxes l'enganxada de cartells i, com sempre que celebrava alguna cosa, s'havia passat de rosca.

–Però què passa aquí? –va preguntar a uns i altres.

Encara que li ho haguessin explicat, en aquell moment no estava en condicions d'entendre-ho.

Com ja és ben sabut, va ser la justícia espanyola qui es va fer càrrec de Hans-Ludwig Grimpel per jutjar-lo per múltiples crims comesos a l'illa entre els anys 1945 i 1975. En Ramon Galdós va ser el primer de denunciar que la seva filla Aina havia confessat haver passat per les mans del doctor Rheinwaldt abans de morir. No hi havia recorregut amb intenció d'avortar, sinó simplement perquè tingués cura de l'embaràs. Però en Rheinwaldt l'havia segrestat i torturat. L'Aina aconseguí escapar-se de Son Olivera molt malferida. La denúncia no havia prosperat per culpa de la venalitat del comissari corrupte Heriberto Gesíñez.

A la denúncia d'en Galdós s'hi sumaren les d'altres molts pares, avis i germans de dones desaparegudes a l'illa des que en Grimpel hi havia arribat el 1945 i, sobretot, entre 1965 i 1975, època que va funcionar el balneari sinistre i que en Grimpel s'havia entregat als seus experiments sinistres.

Però no hi havia proves, ni tan sols indicis suficients per portar en Grimpel davant dels tribunals espanyols, i això era una cosa que ja anunciaren els jutges molt abans fins i tot que concloguessin les diligències policials. Havia transcorregut molt de temps des que algú s'havia entestat a fer desaparèixer els cadàvers que havien anat sent sepultats en els terrenys de Son Olivera. Això hauria deixat en Grimpel en mans de la justícia israeliana, que esperava torn amb una llista de crims molt més llarga i documentada. En el camp de concentració, l'*Sturmbannführer* Grimpel no havia ocultat mai la cara ni la personalitat, i d'allí havien sortit prou testimonis per garantir-li el càstig merescut.

Però el vell va aconseguir eludir totes dues justícies dos mesos després d'haver sortit emmanillat de la botiga d'en Galdós. A l'hospital de Ciutat, on el van ingressar per curar-li la distensió muscular que havia patit al braç, es va sumir en una depressió tremenda, en un silenci melancòlic i catastròfic, en una absència dins de si mateix que va desembocar en una mort desassossegada de matinada.

Els metges van dir que s'havia abandonat a la mort.

–I què em passarà ara? –preguntava en Lluc, sorrut, als Veivé.

–Ara? A tu? –s'estranyava el Ve Voss, sol·lícit.

–Els guerrers immortals. Els que m'escrivien postals des de tots els països del món. Vindran aquí, es voldran venjar de mi...

–No hi ha guerrers immortals, Lluc. Només hi ha vells bojos, nostàlgics i cobejosos, i joves delinqüents que s'arramben a ideologies que els donen permís per matar. Tu només els interessaves si tenies el tresor. Ara ja han perdut el tresor, que tornarà a França, d'on el van treure. I no era tan tresor, al cap i a la fi. Suposo que ho va ser algun dia, però el va anar dilapidant fins a reduir-lo a la mínima expressió. Ja no hi ha motius perquè et vinguin a reclamar comptes de res.

–De debò?

–De debò.

Eren les paraules que en Lluc volia sentir. Després de sentir-les, tranquil·litzat completament, ja se'n va poder anar a jugar amb els amiguets. Durant el que quedava de mes, només va interrompre els seus jocs per dirigir mirades assassines a la parelleta de colomins que es passaven tot el dia fent manetes i dedicant-se magarrufes.

Durant el que quedava d'aquell mes d'agost, la Tilly Hünenberger no va tenir l'oportunitat de saber si podria conviure en pau amb la Hannelore Kroll, perquè la Hannelore Kroll va desaparèixer en braços d'un xicot de nom Manuel que es feia dir Mànnix.

Va resultar, vist amb uns altres ulls, que el noi no era tan pallasset ni tan frustrat ni tan babau com ella s'havia pensat. Ben al contrari, va ser capaç de comprendre tot el que havia patit la Hannelore els dies passats i de reflexionar-hi seriosament. No solament sobre l'existència de nazis, encara en els nostres dies, i del perill que això suposava per a la seguretat del món, sinó també sobre el trastorn que havia significat per a la Hanna la separació dels pares i els efectes que havia tingut en el seu comportament.

–No sóc sempre tan idiota com quan em vas conèixer, eh? –li advertia ella, una mica avergonyida per actituds pretèrites.

Ell era tot comprensió.

–És que els adults ens fiquen en cada embolic... Ja des que naixem, que ningú els havia demanat res...

–I fa por, oi? –La Hannelore se sentia protegida per aquell noi amb qui es podia parlar de tot, que tenia una paraula feliç per a cada moment.– Perquè s'han inventat un món supercomplicat, mesquí, fins i tot perillós... I ens hi fiquen sense demanar-nos permís...

–I, si no t'agrada, t'aguantes.

–I ja ens espavilarem nosaltres a millorar-lo... Doncs quina responsabilitat!

Ànimes bessones. Fets l'un per a l'altre.

–Però aquest món també té les seves compensacions, oi? –va dir en Mànnix, un dia, mentre estaven abraçats mirant una posta de sol–. Créixer i assumir responsabilitats farà tota la por que vulguis, però bé, també hi ha persones com tu, no?, que fan que el món sigui més confortable, més bonic, que et faci més mandra morir, vaja...

Van ser dies feliços, de petons més o menys furtius, de nits de dijous i diumenge ballant rock fent cabrioles espectaculars, d'excitants persecucions entre els garrofers i romàntics banys nocturns a les aigües negres de la badia...

Fins que va arribar el moment fatídic de l'últim petó, l'última carícia, el final de l'estiu, la promesa d'escriure's sovint, les llàgrimes i el viatge de tornada a la vida quotidiana. Tot d'una, el món sense en Mànnix o sense la Hannelore se'ls feia molt més hostil i perillós. Un món en el qual hi havia lloc per a tants disgustos, i de tanta importància, semblava una prova excessiva per a qui no disposa d'un entrenament especial o d'un manual d'instruccions que cal seguir.

És el que passa amb les vacances, és el que passa amb la vida: que, quan s'acaben, els adéus sempre semblen per sempre.

Col·lecció

GRAN ANGULAR

Títols publicats

1 *Els escarabats volen al capvespre*, Maria Gripe
2 *El passat ha quedat enrera*, Anke de Vries
3 *L'abric verd*, Maria Gripe
4 *Els nois de Dublín*, Jean-Claude Alain
5 *El món de Ben Lighthart*, Jaap ter Haar
6 *Quin curs, el meu tercer!*, Oriol Vergés
8 *Frederic, Frederic, Frederic*, Emili Teixidor
9 *El misteri dels Farrioles*, Maria Lluïsa Amorós
11 *Canya Plàstica*, Dolors Garcia i Cornellà
17 *Còmplice*, Anke de Vries
20 *... en un lloc anomenat Terra*, Jordi Sierra i Fabra
21 *Martín i Lara*, Werner J. Egli
22 *Croada amb texans*, Thea Beckman
23 *El soldat plantat*, Emili Teixidor
26 *La cursa final*, Tessa Duder
28 *Dietari secret*, Maria Lluïsa Amorós
29 *El secret del Falcó*, Anthony Horowitz
34 *Mare, qui ets?*, Rosemarie von Schach
36 *L'Estret del Temps*, Pere Pons i Clar
40 *Escrit a l'ordinador*, Francesc Sales
42 *Què farem, què direm?*, Pep Coll
43 *El jove Lennon*, Jordi Sierra i Fabra
44 *Ebre avall*, Josep Lorman
47 *El meu amic Pau*, Francesc Sales
49 *¡Mai no moriràs, Gilgamesh!*, Pere Morey
50 *¡Frena, Càndida, frena!*, Maite Carranza
53 *Memorial de Tabarka*, Ponç Pons
56 *La nit dels noumóns*, Gisela Pou
57 *L'esbudellador de l'Eixample*, Xavier Vernetta
58 *Un amic a Sud-àfrica*, Lynne Fairbridge
59 *El primer tren*, Oriol Vergés
60 *Eclipsi solar*, Josep Frederic Pérez
62 *A l'ombra de Xiva*, Nina Rauprich
64 *Nocturn*, Josep Górriz
65 *D'on véns, Jan?*, Maria Lluïsa Amorós
66 *L'enigma del laberint*, Sissi Flegel

67 *La dimensió del bosc humit*, Josep Lorman
68 *La filla del llop*, Gillian Cross
69 *Ets galàctica, Carlota*, Gemma Lienas
70 *Cinquanta mil peles per un bigoti*, Àngels Bogunyà
71 *Els arbres passaven ran de finestra*, Enric Larreula
72 *Entre dues tempestes*, Josep Frederic Pérez
73 *Contraban*, Miquel Rayó
74 *Males terres*, Jordi Sierra i Fabra
75 *Les portes del temps*, Mercè Canela
76 *L'enigma dels quadres robats*, Jan Terlouw
77 *El Duomo*, David Nel·lo
78 *Wendy torna a volar*, Olga Xirinacs
79 *Quin sidral de campament!*, Pasqual Alapont
80 *Les joies de la princesa berber*, Montserrat Beltran
81 *Quan la sort arriba*, Mirjam Pressler
82 *Per què no m'ho deies?*, David Nel·lo
83 *El cowboy negre*, Franklin Folsom
84 *Una setmana més, sisplau*, Josep Frederic Pérez
85 *Mòmies*, Olga Xirinacs
86 *Ets un geni, Quim!*, Jordi Fusté
87 *Un cadàver a Charing Cross*, Miquel Fañanàs
88 *Tretze dies i una nit*, Dolors Garcia i Cornellà
89 *Els amics*, Kazumi Yumoto
90 *La fortuna del senyor Filemó*, Miquel de Palol
91 *Estiu a Menorca*, Rafael Vallbona
92 *El vell que jugava a matar indis*, Andreu Martín